推理要在晚餐后 2

〔日〕东川笃哉 著
黄健育 译

人民文学出版社

著作权合同登记:图字 01-2023-0242 号

NAZOTOKI WA DINNER NO ATO DE VOL. 2
by Tokuya HIGASHIGAWA
© 2011 Tokuya HIGASHIGAWA
All rights reserved.
Original Japanese edition published by SHOGAKUKAN.
Chinese (in simplified characters) translation rights in China (excluding Hong Kong, Macao and Taiwan) arranged with SHOGAKUKAN through Shanghai Viz Communication Inc.

图书在版编目(CIP)数据

推理要在晚餐后.2/(日)东川笃哉著;黄健育译.—北京:人民文学出版社,2023(2025.3重印)
ISBN 978-7-02-018040-0

Ⅰ.①推… Ⅱ.①东…②黄… Ⅲ.①长篇小说-日本-现代 Ⅳ.①I313.45

中国国家版本馆 CIP 数据核字(2023)第 103996 号

责任编辑	李 娜 李 殷
装帧设计	汪佳诗
出版发行	人民文学出版社
社　　址	北京市朝内大街 166 号
邮政编码	100705
印　　制	凸版艺彩(东莞)印刷有限公司
经　　销	全国新华书店等
字　　数	170 千字
开　　本	850 毫米×1092 毫米　1/32
印　　张	7.875
版　　次	2017 年 12 月北京第 1 版
印　　次	2025 年 3 月第 2 次印刷
书　　号	978-7-02-018040-0
定　　价	69.00 元

如有印装质量问题,请与本社图书销售中心调换。电话:010-65233595

请恕我失礼,大小姐依然那么**白淘**呢。

目录

第一部　您需要不在场证明吗？　　　1
第二部　杀人时请勿忘了帽子　　　45
第三部　欢迎光临杀机派对　　　85
第四部　平安夜来桩密室杀人案如何？　　　126
第五部　头发是杀人犯的生命　　　166
第六部　此处并非完全密室　　　206

第一部　您需要不在场证明吗？

1

中央线特快列车从国分寺车站出发后，仅需六分钟便可抵达立川车站。

九月下旬的某个礼拜六下午，打算购物的客人与只看不买的客人，将立川车站周边挤得水泄不通。真不愧是中央线最热闹的"立川市"。事实上，近年来，中央线沿线没有一个城镇能像立川这样，变化如此之大。车站前整齐清洁，现代化大楼四处林立，奇妙的前卫艺术品大放异彩，不知要驶向何处的单轨电车悠然地在头顶上行驶而过。这幅光景颠覆了人们对中央线的印象。还有些人说："立川已经超越吉祥寺。"不过住在吉祥寺的人丝毫不觉得自己"被超越了"。

宝生丽子一边这么想着，一边走在车站南口前的行人专用空中回廊上。黑色裤装配纯装饰用的黑框眼镜，束在脑后的黑发随着步伐而晃动。在旁人眼中她只是个毫不起眼的职业女性吧。不过，她其实是个货真价实的现任刑警，任职于国立市警署。她今天并不是出来买东西的，她正在执勤。

相较于大型百货公司比邻而立的车站北口，车站南口的市街发展缓慢，还有许多空间有待再开发。再稍微往后面走一会儿，就是"老旧、狭窄、低矮"三要素俱全,杂居公寓栉比鳞次的地区。丽子从空中回廊搭电梯来到地面上,徒步行走了一会儿,看见一栋窘促的五层钢筋建筑。建筑物看上去脏兮兮的,跟废弃大楼并无多大区别。正门上"权藤大楼"的门牌让人印象深刻,仿佛年代相当久远。

丽子一走到这栋权藤大楼的正面,便看了一下手表,下午两点十五分。从她由国分寺的若叶集合公寓出发到现在,只过去了十五分钟。她在搭电车时,完全没有遇到什么会耽误时间的突发状况。换句话说,这十五分钟可以视为从若叶集合公寓来到权藤大楼的最短时间,丽子在心里下了结论。就在这时——

立川的街道上传来熟悉的轰隆声。丽子心生一股厌恶的预感,她往东边一看,只见那里出现了一辆明显超速的英国车——银色捷豹。抛光得一尘不染的捷豹反射着午后阳光,就像镜子一样闪闪发亮。老实说,恐怕比直视太阳还要刺眼。

尽管感到一阵轻微的晕眩,丽子还是忍不住祈祷。

拜托!拜托你停在十米以外的地方!

然而丽子的愿望落空了,超级引人注目的捷豹发出"叽"的夸张刹车声后,不偏不倚地停在丽子身旁五十厘米处。丽子成为路人好奇眼光的焦点,她觉得自己仿佛是个被众人嘲笑的小丑,厌恶感挥之不去。

接着,一位身穿白色西装的年轻男子悠然地从驾驶座开门下车。碰巧目睹这一切的立川市民们,会对这个男人产生什么印象呢?是有钱人家的公子哥儿,还是黑道的少帮主呢?该不会有人以为他是警官吧？但事实偏偏就是如此。他正是才三十二岁就拥有警部官阶的国立市警署精英——风祭警部。附带一提，他还是"风祭汽车"——那个以设计优美和耗油恐怖而为人所熟知的品牌——创始人的儿子，所以，说他是有钱人家的公子哥儿也没错。"有钱人家的公子哥儿，穿得像个黑道少帮主，在做警察这一行"，或许，这是最能精确形容风祭警部这个人的语言吧。

警部刚下车便以炫耀般的姿势，看看左腕上的劳力士手表。然后，他对比自己早到一步的丽子露出不服的表情。

"真可惜啊，这一带的道路实在是太狭窄了，无法充分发挥捷豹的优势。不过我已经使出全部本事，尽量赶过来了，"警部一边下意识地自吹自擂，一边夸张地耸了耸肩，"算了，我还是别再不识趣地找借口了。的确是我输了，宝生。按照约定，今晚我请你去最高级的意大利餐厅吃饭吧。"

"咦？"丽子困惑了一瞬间之后，啪的一声将双手在胸前一拍，"太好了！只要一次就好，我好想跟风祭警部共进晚餐喔——警部！"丽子倏地把脸凑近上司，说道："您以为我会很开心地这么说吗？"

"你……你就高兴一下会怎么样……"警部虽然这么说着，但被丽子的气势击败，不由自主地往后退了几步。

"话说回来，谁跟你约定过'要是我赢的话，您要请我吃最高级的意大利料理喔'——我们根本就没有这么约定过吧！我才不做这种约定呢！"

"我觉得，也不至于绝对不可能吧……"

"不，绝对不可能！"丽子斩钉截铁地断言，"而且谁最快从国分寺抵达立川根本就不能用来打赌。这是犯罪调查的一环，是调查不在场证明的必要手续。没错吧，长官？"

丽子一边这么说着，一边伸手指向权藤大楼。那里停着几辆警车，还有数名警察，大楼入口拉起印有"禁止进入"的黄色封锁线，表明这里是犯罪现场——

2

立川车站南口的权藤大楼发生了刑案案件。宝生丽子早先接到通报赶往现场，是在街上几无行人的清晨时分。丽子忍着呵欠，穿过黄色封锁线后，便冲上阶梯，来到三楼："对不起，我来晚了，长官。"

丽子并没有迟到，但还是一边道歉着打招呼，一边走到上司身旁。

风祭警部面带爽朗的笑容，举起一只手说："没关系，其实我也是刚到而已。"

他的态度活像男友温柔地迎接迟到的恋人。今天一整天大概又要被这位上司搞得晕头转向了吧，丽子想到这里，不禁萌生掉头回家的念头。不过她还没来得及掉头，警部就下达了第一道指示：

"那么，马上观察一下现场吧。过来，宝生。"

警部转过身，丽子立刻跟上去。两个人默默地爬上阶梯，来到三楼与四楼之间的楼梯平台上。那里躺着一位身体已经冰冷的女性。丽子虽然屡次见过相似的场景，但还是无法习惯。她忍不住想别过头去时，警部突然发问：

"宝生，你看过这个现场后，想到了什么吗？"

"呃，想到什么啊……"有什么疑点吗？丽子慌慌张张地观察起现场。

该名女性看起来三十几岁，中等身材，不胖也不瘦，脸颊圆润，留着一头短发，容貌相当普通。服装也极为朴素，茶色衬衫，紧身黑色短裤，勾在脚跟上的淑女鞋也是黑色的。这位女性的腹部有疑似被刺伤的伤口，流出来的血在水泥地上勾勒出从没有人见过的地图。尸体周遭没有凶器之类的东西。丽子可以断定这是一起杀人事件，但没想到其他的。她老实地认输了。

"对不起，长官，我实在想不到什么。"

"哎呀哎呀，真拿你没办法，"风祭警部露出非常开心的表情说道，"仔细看清楚喽，宝生，尸体旁边没有凶器之类的东西。也就是说，这是——"

我知道，是杀人事件对吧——搞什么嘛，刚才真是白白认输了！

丽子把警部那些没有实质内容的话当作耳边风，快速确认死者的随身物品。

丽子在短裤口袋里发现了钱包及一把疑似房门钥匙。她又检查了一下钱包，里面有一万两千元与少许零钱、两张信用卡以及驾照。风祭警部立刻接过驾照，大声念道：

"被害者叫菅野由美，住在国分寺市本町三丁目，若叶集合公寓202室——"

从出生年月日推算，被害者三十五岁。

这时丽子突然发现被害者的随身物品中居然没有手机。这就奇怪了，在这个年代，成年人都会随身携带手机吧。看来凶手把被害者的手机带走了，大概是担心警方会从手机里查出其身份吧。从这个角度推理，凶手与被害者熟识。就在丽子想到这里的时候——

"根据我的推理，凶手应该与被害者熟识。你知道为什么吗，宝生？"

你何必问我呢，答案已经呼之欲出啦……

"既然你不懂，那我告诉你吧。重点在于手机。凶手拿走了手机！"

丽子有种自己的思想被人盗用的感觉。

丽子把警部的推理当作耳旁风，苦苦思索一个问题：为什么眼前这个滔滔不绝发表看法，但推理能力跟部下相同等级的人，会变成她的上司，而她却只能当个部下呢？

丽子与风祭警部彻底了解过现场的状况后，前往五楼。权藤大楼的五楼是居住区，这栋大楼的所有人独居于此处。

权藤宽治，六十七岁。他是第一个发现死者的人。

权藤宽治把刑警们请进家里。不知为何，他穿着一身深蓝色的运动服。权藤宽治请丽子他们就座后，便马上开始讲述他发现尸体的经过。

"那是今天早上六点的事情。我习惯每天出门慢跑，所以今天早上我也一如往常，穿上运动服出门了。不过我一走下楼梯，就吓了一跳。有个女人流着血，倒卧在楼梯间。我很快就看出她已经死了。不是，她不是这栋大楼的住户。大楼的承租者我都认识，我连打工的长什么样子都一清二楚。那个死掉的女人我完全不认识。所以我马上就回家里打110报警了。"

"我懂了，"风祭警部恍然大悟似的深深点了点头，"所以您才会穿着运动服啊，原来如此。"

权藤宽治身为大楼所有人，却穿着一身运动服，这种身份与衣着的落差似乎是警部心中最大的疑惑。丽子为了让彻底搞错重点的上司闭嘴，代为发问：

"昨天晚上到今天清晨，您有没有听到什么争吵的声音呢？"

"没有，我从昨天傍晚到今天早上一直待在房间里，但没有注意到什么异状。不过这栋大楼一到晚上几乎就没什么人了。"

"这栋大楼的各楼层分别开了些什么店呢？"

"一楼是珠宝店，二楼是接骨医院，五楼就是我家。嗯，三楼跟四楼吗？两层都是空的。经济不景气，已经空下来将近两个月了。"

权藤大楼似乎使用率极差，三楼四楼都是空屋，大概很少有人会爬楼梯上来吧。凶手知道这个空间就是都市里那种无人问津的角落，所以才选择这里作案吗？

丽子与警部结束询问，向权藤宽治道过谢，离开了五楼的住宅。

"恐怕凶手事前就已经掌握了这栋大楼的状况，为了杀害菅野由美，利用手机短信还是什么的，把她叫来这栋大楼。也就是说，这是一起准备周详的预谋杀人案。我说得没错吧，宝生？"

这样的推理很有警部的风格，既没有漏洞，也没有特别值得赞赏的地方。丽子认为这样的推理还算合理，所以坦率地点头附和。

"是，我认为事实正如长官所想。"

不久验尸报告出来了。根据现场法医判断，被害者的死因为出血性休克，凶器推测为小刀或菜刀之类的锐利刀械，致命伤确定是腹部的刺伤。除此之外，手背和脖子等处也有些微擦伤，应该是被害者和凶手扭打所致。也就是说，菅野由美并非在毫无抵抗的情况下突然遇刺。

死亡时间推测是昨晚七点到九点之间。

警探们得到这些情报后，便开始在现场周边打探消息。只不过警部从来不爱脚踏实地地进行基础调查，已经对立川的现场感到厌倦。他用宛如邀请朋友一同散步般的轻松口吻说：

"宝生，要不要去国分寺看看啊？我想看看菅野由美的房间呢。"

3

在国分寺市民的眼里，那情景就像警车正紧追一辆肇事逃逸的豪华英国车。但是事实并非如此。实际上是风祭警部开着银色捷豹领头，丽子等低阶警官乘警车尾随在后。不过一般人想不到刑警会开捷豹工作。

国立市警署一行人上午就浩浩荡荡抵达国分寺市。事件发生在清晨，丽子预感今天会很漫长。她一边叹气一边下了车。

若叶集合公寓是一栋老旧两层公寓。每层楼各两户，合计四户，房间沿着露天走廊排列，结构相当简单。菅野由美的房间是二楼的第一间。

房东已经得到通知，正站在那里等待警察。白发苍苍的房东被问及关于菅野由美的事情后，一边翻阅手边的资料一边回答道：

"工作地点是'望月制果'，那是一家位于立川的知名企业。菅野小姐隶属该公司的会计部。她在我们公寓住了八年，一直按时交房租。"然后那个男人表情困惑地说："不过，我不记得她长什么样子，我顶多在她入住时见过她一次吧。"

菅野由美的相关资料只有更新租赁合同时房东存留的书面数据，以及房租入账记录，双方平常似乎没有来往。

房东开门后，调查员踏进被害者的房间。那是个供单身住户使用的房间，由一点五平方米大的厨房、三平方米大的卧房、浴厕以及小阳台构成。屋内家具不多，放眼望去，只看得到小电视、朴素的床、电脑桌以及书架。因为东西不多，整个房间看起来很清爽。只是以单身女性的房间而言，这里给人一种欠缺活力的感觉。

警部朝房间瞥了一眼之后，突然间开心地叫道：

"喔喔，你看看，宝生，"警部伸手拿起摆放在书架上的相框，

"这是不是被害者的男朋友啊？"

"看起来是。"丽子看了警部递过来的相框后，点头同意。

照片里，菅野由美与一位年纪相仿的男性亲密地脸贴着脸。她身穿亮丽的粉红色服装，脸上带着驾照照片难以比拟的灿烂笑容。照片中的男性则是个相当少见的美男子，晒黑的肌肤，轮廓分明的脸庞，穿衣品位也不差。不过他的笑容中透出些许阴霾，让丽子感到忐忑不安——不，等等，宝生丽子！凭第一印象就做出判断，这可不好啊。严禁臆测！

丽子严厉警告自己时，一旁的马虎上司却草率地说出充满臆测的见解：

"这个男人似乎很可疑呢。他和被害者的交往顺利吗？他们两个人真的相爱吗？我看他一定只是玩玩的吧？这种重视外貌的做作美男子最不值得信任了。宝生，你不这么认为吗？"

丽子一边仔细端详着就站在她面前的做作美男子，一边心想，既然他自己都这么说，那么肯定真是这么认为的。"您说得没错，长官。我很久之前就觉得这种男人不能信任。"

"喔喔，我们真是投缘啊，宝生。"

不，那倒也未必喔，警部。丽子在心中低喃后，将话题拉回到照片中的男性身上。

"总之，第一要务是查明这个男人的身份。这个房间里一定有什么线索。"

在有点僵化的微妙气氛中，丽子、风祭警部和其他警探一起，继续搜索房间。他们根据电脑里的资料和信件，轻易地查出菅野由美的交往对象。和她关系亲密的男性只有一个人，名叫江崎建夫。

江崎建夫同样在望月制果上班，是菅野由美的同事，住在立川——

丽子与警部一行人彻底搜查过被害者的房间后，敲了敲被害者隔壁201室的房门。据房东先生说，住在这一户的人名叫户田夏希，今年二十一岁，好像是个在附近读大学的学生。警察敲门后，一个圆脸女孩子开门探出头来。

"请问是哪位？"她瞪着大眼问道。风祭警部以宛如电影明星的干练动作亮出证件。警部为了能潇洒地做出这一连串的动作，平常坚持不懈地努力练习，这点丽子非常清楚（不过警部并不晓得丽子知道这件事情）。

"你是户田夏希小姐吧？关于你的邻居菅野由美小姐，我们有些事情想请教你。"

面对刑警突然造访，户田夏希倒不怎么惊讶，似乎已有心理准备。她非但不感到困惑，反而露出兴致盎然的表情。"呜哇，是真的刑警呢！"她以近似欢呼的声音这么说道。接着她态度一变，压低声音询问刑警：

"哎哎——隔壁的姐姐真的被杀了吗？网络上今天在讨论这件事情，我吓了一跳呢。她是在立川的大楼楼梯上遇刺的吧？是吗？果然是真的啊——她人那么好，真可怜哪——世事难料啊！"

这番话之所以听起来一点都不悲伤，是因为那口聒噪的关西腔吗?

风祭警部一瞬间露出不知所措的表情，不过他马上打起精神询问道：

"你跟菅野由美小姐很熟吗？最近她有没有什么异状？"

对于这么笼统的问题，户田夏希仿佛等候多时似的回答说：

"我跟由美姐常一起吃饭。不过由美姐好像很烦恼呢，原因是男人——她有个交往七年的男朋友——不过那家伙是个很过分的男人——"

户田夏希那拉长尾音的关西腔可以简洁地归纳如下：

菅野由美似乎很烦恼，原因是男人。她有个交往七年的男朋友，可那位男友很过分。他最近交了新的女友，新女朋友是公司董事的女儿。如果能跟她结婚，就等于鲤鱼跃过龙门，可以少奋斗三十年，在公司里的地位也有了保障。他无情无义，向交往七年的女朋友菅野由美提出分手。当然，对菅野由美来说，这可不是说一句"啊，原来如此"就能结束的事情。菅野由美非常在乎这段感情。结果，分手的事情一直悬而未决，两个人的关系逐渐恶化，之后就是大家耳熟能详的、剪不断理还乱的爱恨情节了——简单说就是这样。

"之前我们一起喝酒时，即使喝得烂醉如泥，由美姐还是一直说'我绝不会跟他分手'。而且她还说什么'如果分手，我一定要跟他的新女友当面痛快地大吵一架'，真是够吓人的。"

"等——等一下，"丽子取出那张照片，拿给户田夏希看，"菅野由美交往了七年的男朋友，是这个人吗？"

户田夏希瞥了照片一眼，就断然点了点头。

"是啊。由美姐给我看过这张照片，所以绝对错不了。我记得名字好像叫江崎什么来着——"

从户田夏希这里得到的信息超乎预期。201室的门一关上，风祭警部立刻握紧拳头大叫："错不了，犯人就是江崎什么来着的！"

"是建夫喔，长官。人家可不叫什么来着的。"

"没错，是江崎建夫。他想跟董事的女儿结婚，可是交往了七年的菅野由美却不肯轻易放手，所以菅野由美就成了他的阻碍。"

"因此，江崎把菅野由美叫到立川的权藤大楼并杀害了她——这样就说得通了。长官，那该怎么办呢？我们现在要直接返回立川，冲进江崎家吗？"

然而在这个节骨眼上，风祭警部说出了能干的精英刑警会说的话，制止住干劲十足的丽子。

"哎呀，你先等一下嘛，宝生，犯罪调查严禁臆测哟。"

警部，这句话我可以原封不动地还给您哟。

"江崎建夫肯定是最可疑的嫌犯，不过调查才刚开始，没有必要操之过急。总之，我们先向一楼的住户打听打听吧。"

于是两个人下了楼梯，来到公寓一楼。据房东表示，一楼的两套房中有一套是空屋。101室里住着松原久子，年纪五十岁，是个在附近超市兼差的单身女性。

丽子立刻敲了敲101室的门，不过并没有人回应。住客是外出了吗？丽子抱着半放弃的心态，用力反复敲门，门后总算传来人声。

打开门探出头来的是一位略胖的中年女性，脂粉不施的脸，让人联想到大佛头的头发，昏昏欲睡的双眼眨个不停，身上穿的棉布衣裤大概是睡衣吧。看来，这位女性刚被吵醒，慌慌张张地跑来玄关应门了。

警部跟刚才一样潇洒地出示证件，然后说出跟刚才几乎相同的话：

"您是松原久子女士吧？关于住在二楼的菅野由美小姐，我们有些事情想请教你。"

"喔……"跟户田夏希不同，松原久子似乎无法立刻明白眼前的状况。不过，她反复看了递到眼前的证件、风祭警部以及丽子的脸好几次后，总算清醒了过来。"啊啊，你们是刑警啊。"她大声叫道。

一瞬间倾吐而出的酒气，让丽子忍不住倒退半步。这个女人似乎喝了酒，从玄关望进去，可以看到厨房地板上，一堆一升酒瓶和啤酒罐宛如保龄球瓶般排在一起。

风祭警部问话时也避开了酒气："您认识菅野小姐吗？"

"啊啊，202室那个女的嘛。说认识吧，顶多也只有偶尔遇到的程度。这么说起来，昨天晚上好像看到她——"

松原久子所说的话让丽子吃了一惊，风祭警部也将别开的脸重新转向这个中年女性。

"真——真的吗？昨晚您真的见到菅野由美小姐了吗？那是什么时候的事？"

松原久子不知道是不是被逼近眼前的警部给吓到了，表情僵硬起来。

"当——当然是真的。对了,是昨天晚上七点半左右吧。我下班回家时,那个女人刚好从楼梯上下来。我们可没有打招呼喔,只是擦身而过而已。不过我清楚地看到了她的脸,所以绝对错不了。"

"七点半这个时间点没错吗?"

"啊啊,这也错不了。我回家之后马上看了时钟,而且打开电视时,NHK刚开始播放七点半的本地节目。"

"看来是没错了。那么,菅野由美小姐会出门去哪里呢?"

"谁知道啊,顶多就是去便利商店吧?话说回来,刑警先生——"

松原久子大概是等得不耐烦了吧,她慢慢把脸凑近警部说:"您也差不多该告诉我了吧?哎,那个叫菅野的女人怎么了?她做了什么坏事吗?"

"啊啊,不,不是这样的,"警部露出微妙的表情,以照本宣科的口吻淡淡地说出事实,"今天清晨我们在立川的某栋大楼里发现了菅野由美小姐的尸体,我们正朝杀人案的方向调查——"

松原久子从警部口中得知事实后,带着非常真实的惊讶表情大叫道:"什么?"接着她以不可置信的语气问:"被杀了?那个女人吗?"

"是的,很遗憾,"警部简短回答后,又重复了之前问过户田夏希的问题,"您跟菅野由美小姐很熟吗?最近她有没有什么异状?"

松原久子马上皱起眉来，瘪着嘴说：

"刚才不是说过了吗，我跟她一点也不熟，就算遇到了也不会打招呼啦。所以，您问我她有没有什么异状，我也……"

尽管如此，警部为了从她身上探听出更多信息，还是试着多问了好几个问题。但是她始终回以"不知道""不清楚"这种毫无意义的答案。我可不想跟闹出人命的大事件扯上关系啊——她的回应中隐约透露出这种自我防卫的态度。

结果，刑警没能得到更多收获，告别了101室。

尽管如此，他们的成果已经相当丰富了。根据验尸报告，被害者的死亡时间推测为昨晚七点到九点之间。可是根据松原久子的证词，菅野由美昨晚七点半还活着，把这点列入考虑的话——

"被害者的推测死亡时间，就是昨晚七点半到九点之间了。"

"不，范围实际上还要更小。晚间七点半时，菅野由美还在国分寺，之后却在立川被杀害。不管她是被谁带走，还是自己过去的，在前往立川的这段时间里，被害者应该还活着。"

这时警部突然询问丽子："从国分寺开车到立川要花多长时间？"

"长官，比起汽车，电车要快多了，不是吗？"

丽子一句无心之言，激起了风祭汽车少东那无谓的自尊心。

"喂喂喂，别说傻话了，宝生。汽车当然比电车快啊，金·哈克曼不也开车追过电车吗？"

"您说的是《霹雳神探》吧？那可是电影呀。在一般道路上拐来拐去的汽车，和笔直跑在铁轨上的电车实际上是无法相提并论的。长官,您知道吗,国分寺与立川之间的铁路,直得像尺一样喔。"

"宝生,你知道吗,人们在车站与建筑物之间缓缓步行时,汽车正以高速行驶呢。"

坚持己见的两个人毫无意义地持续争论了一会儿,于是丽子提出一个建议:

"那么我们来比比看如何?我坐电车,长官开车。我们同时从若叶集合公寓出发,看谁先一步抵达立川的权藤大楼。"

"好啊,正合我意。我就认真地露一手,让你见识见识A级驾照持有人的本事吧。"

又在自吹自擂了吗?这个二流刑警先生……

丽子推一推滑落的眼镜,说道:"那就这么决定了。"然后,她仔细叮咛这位为求获胜不择手段的上司:"丑话先说在前头,长官,在公路上行驶时,请务必将车速保持在限速之内。还有,绝不能作弊喔。"

"作弊——什么作弊?"

"禁止使用警笛和警示灯。"

"这——我知道啦,谁会用那种东西啊!"警部嘴巴上这么说,却很遗憾地咋舌表达不满。

丽子和警部争论着从国分寺到立川最快的移动方式,就这样发展成两人的正式对决。只不过,就算丽子再怎么努力搜寻自己的记忆,也不记得在这场比赛中他们打过赌,说输家要请客吃最高级的意大利料理——

4

然后，事情就发展成一开始的那个局面。比赛结果是丽子先抵达权藤大楼，晚到的风祭警部趁机邀请丽子一起吃晚餐，却遭到她的拒绝。

"是啊，你说得没错，宝生。这场比赛其实是一道解决菅野由美遭到杀害一案的必要验证手续，跟意大利料理一点关系也没有。"

不知道是总算想起了当初的目的，还是为了掩饰遭到拒绝的尴尬（丽子觉得八成是后者），警部摆出认真查案的表情。

"从国分寺的若叶集合公寓出发到立川的权藤大楼，搭电车所需时间正好是十五分钟，由这次的比赛结果可以得知那是最短时间。不过，松原久子目击菅野由美晚间七点半离开若叶集合公寓，也就是说——"

风祭警部皱起眉头，装出一副陷入沉思的样子。然后他说出就算不用想也能明白、只有小学算术水平的结论：

"错不了的。菅野由美最快也要到晚上七点四十五分才能抵达权藤大楼，因此她被杀害是在那之后的事情。把这点跟验尸结果一并考虑，犯案时间应该是晚上七点四十五分到九点之间。"

原本范围长达两个小时的犯案时间一下子缩短了，调查出现了显著进展。风祭警部满足于这一成果，总算能够高声宣告即将要和最重要的人物对决：

"既然如此，我们就直接去会会那个男的吧。照片上故作潇洒的那个美男子——江崎什么来着的!"

"长官,您很喜欢用这种口音说话吗?太小看此人的话,小心被他反将一军喔。"

"哎呀,没关系啦。话说回来,江崎建夫住在富士见町吧。从这里走过去也不远呢,不,还是开车好!"警部抓准机会,打开爱车车门,邀请丽子入座,"来吧,宝生,坐上我的捷豹副驾驶座——"

"我们走过去吧,"丽子砰一声关上车门,"刑警靠双腿来办案,这是基本功。"她面带冰冷的微笑说道。

手指不慎被车门夹住的警部惨叫着往后跳开。

其实丽子从来没坐过警部的捷豹。警部每次说要开车送她时,她总是一口回绝。拒绝的理由连她自己也弄不太明白,但不知道为什么,真的不知道为什么,她强烈感觉到那辆银色捷豹是雄性,而且还是发情中的雄性。当然,丽子很清楚汽车并没有性别,更没有所谓的发情期——

结果,两人共乘一辆普通警车前往江崎建夫家。在中央线与青梅线两道电车线路的交叉处有一栋新建的四层出租公寓,江崎建夫就住在这里。

风祭警部站在二楼尽头的一户公寓前按响门铃,不一会儿就有人出来应门了。从门后探出头来的正是照片上笑容中带有些许阴霾的"男朋友"。

一直到警部照惯例帅气地亮出识别证之前,状况都还好。不过,才一个不留神。"你是那江崎什么来着的,不,是江崎建夫先生吧，"警部就这样开始问话了，"我——我——我们是国立市警署的——"

"嘘——"江崎建夫竖起食指抵在嘴前，打断警部，"我知道，请不要这么大声。先进来再说吧。"

难得能够表现一下的场面，就这么泡汤了，警部带着怅然若失的表情进入室内，丽子紧随其后。房间不大，但内部装潢很素雅，看上去很高级。以三十几岁的单身上班族而言，这个居住空间可谓绰绰有余。江崎建夫请刑警们就座后，主动开口说：

"我知道两位刑警为什么会来我这里，是为了菅野由美的事情对吧？"

中午过后，各家电视台的新闻节目大肆报道菅野由美遇害一案，所以江崎料到警察前来造访也在情理之中。

"既然你已经知道，事情就好谈了。方便请你回答几个问题吗？"

警部虽然使用请求的语气，却表现出一副不容拒绝的态度。"首先是你跟菅野由美的关系。江崎先生和她正在交往吗？"

"嗯，我跟她是同期进公司的同事，从很久以前就顺其自然地开始交往了。不过我们已经分手了，大约一个月前。"

"是吗？可是跟长年交往的女朋友分手，对彼此都不容易吧？怎么样，你们分手还算顺利吗？"

"这个嘛，我也不知道算是顺利还是不顺利……不过，我认为她已经释怀了。毕竟大家都是成年人嘛。"

"喔，那真是太好了。嗯？不过请等一等，江崎先生，"警部像是突然觉得哪里不对劲似的,歪着头又说,"交往了七年,结果男友却突然说'我就快要跟董事的女儿结婚了,所以我要跟你分手'——真有哪个三十五岁的单身女性会善罢甘休吗?我个人倒是不太相信呢。"

丽子暗中咋舌惊叹。虽然风祭警部是个没有任何可取之处的上司,然而,就像这次逼问嫌犯时所表现出来的一样,他那宛如爬虫类般的恶心人之态,是谁也学不来的。如果自己是嫌犯的话,八成会想要一脚踩在他脸上吧,江崎一定也产生了同样的冲动。不过耐性十足的嫌犯并没有真的动脚。

"刑警先生,您到底想说什么?您是在怀疑我吗?"

"不,怎么会用怀疑这种字眼呢,"警部大概很清楚现在正是对决的关键时刻,他直接提出最重要的问题,"江崎先生,你昨晚在哪里,在做什么呢?"

"哎呀,这是在调查不在场证明吗?您果然是在怀疑我啊。"

"不不,哪有什么怀疑。这只是例行公事,相关人等我都会问的。"

警部与嫌犯的视线交会在一起。经过短暂沉默后,江崎建夫缓慢开口了。

"好吧,那我就回答您的问题吧。昨晚是吗?这个嘛,我记得离开公司是在傍晚六点。我原本打算直接回家,可是走出公司时刚好碰到了熟人,是以前在公司一起工作的后辈,名叫友冈弘树。我们好一阵子没联络了,但我听说他现在在货运公司的仓库上班。他一个人在附近租了房子住,所以我就直接去他家叨扰了。他住在自行车竞赛场附近的旧公寓二楼，如果我没记错的话，应该叫'寿公寓'。他招待了我一顿晚餐。虽然我一直说'不用那么麻烦啦'，但又不想让对方难堪，只好留下来吃晚饭。没想到，他很擅长做菜呢，眨眼之间就用职业级的好功夫做出了两人份的炒饭。哎呀，真是太好吃了。"

"那——那是几点钟的事情？"

"大概是晚上七点左右吧，当时卫星电视正在播出甲子园的阪神对战广岛。在四局上半轮到广岛队打击时，我记得东出选手击出一记安打，梵选手是击出一支牺牲短打。广濑被三振，而栗原击出了外野高飞——"

"结果没有拿下半分对吧？不用了，下半场的详情就不用说了，"警部催促着江崎继续说下去，"你跟那位友冈先生，一直待在一起看晚间棒球转播吗？"

"不，我没有待那么久，他还要去上夜班。我吃过他做的炒饭之后马上告辞了，离开他家大概是七点半吧。"

"七点半！你在七点半就跟友冈先生告辞了是吧？"

"不是，我们又多聊了一会儿。他说那一带路很难认，怕我迷路，坚持要送我到立川路上。所以我和友冈是在七点三十五分左右时告别的。"

"那么，七点三十五分以后你就是一个人喽！没有不在场证明呢！"

风祭警部的亢奋情绪似乎达到了顶点，他已经不再试图隐瞒自己一心想要调查不在场证明。的确，江崎的讲述逐渐逼近事件核心。丽子和警部神色紧张地等待嫌犯继续说下去，然而，江崎却出乎意料地断然摇了摇头。

"不，我不是一个人喔。我和友冈告别后，走进不远处的一家咖啡厅，店名叫'鲁邦'。我大概是在七点四十分左右进去的，那里的老板留着满脸大胡子。之后我又续了一杯咖啡，在那里待了将近两个小时。也就是说，我在九点半左右离开了咖啡厅，然后就走路回家了。接下来我才是独自一个人，所以拿不出什么不在场证明——"

江崎建夫结束了自己的陈述后，询问沉默不语的刑警：

"话说回来，菅野由美是在什么时候被杀害的呢？既然我都回答了问题，刑警也该回答我吧？"

"嗯，"警部哭丧着脸，点了点头，以充满挫败的痛苦语气说，"案发时间推测是昨晚七点四十五分到九点之间。"

这时，江崎脸上流露出"喔喔！"的喜悦神情，以及"嗯？"这种不知从何而来的困惑。他的不在场证明成立，但他惊讶地问道："七点四十五分？那个——刑警先生，这所谓的四十五分是怎么一回事？时间能推测得这么准吗？您有什么根据吗？"

"当然，这时间可不是随便说说的。跟菅野由美小姐住在同一栋公寓的大婶，昨晚七点半目击到她生前的最后身影。详细的过程就省略不提了，总之，晚间七点四十五分这个时间，是从已知事实合理推测出来的。"

"喔，原来如此——"江崎装出稍微陷入沉思的样子，然后重新流露出喜悦与放心的表情。

"总之，从七点四十五分到九点，我一直待在鲁邦咖啡厅。我进鲁邦时是七点四十分左右，既然如此，我的不在场证明不就很完美了吗？大胡子老板应该能够证明，那段时间我一直待在他店里。"

江崎建夫带着松了一口气的笑容望着刑警，风祭警部不服输的个性却被激发出来。"没确认过就不作数。"他逞强道。

这时的丽子，也只能不悦地注视着扬扬得意的嫌犯。

5

当天晚上，宝生丽子与风祭警部来到立川路上的鲁邦咖啡厅。从立川车站步行十分钟就到了"鲁邦"，两人造访此处的目的，当然是查证江崎建夫提出的不在场证明。从某种意义上来说，嫌犯的不在场证明有点太完美了。

鲁邦咖啡厅的确有个蓄着络腮胡的老板，看上去是位沉着稳重的中年男性。他清楚地记得昨晚有一位身穿西装、坐在角落座位上的客人。

"他点了两杯咖啡，在这里待了大约两个小时。我是第一次见到这位客人。"

根据前一天发票与收款机的记录，这位客人确实在昨晚七点四十分点了咖啡，然后在九点半左右结账，与江崎建夫的证词完全吻合。不仅如此，店里多位客人对这位身着西装的男性记忆犹新。刑警打听之后才知道来鲁邦的大都是常客，因此新客人自然会特别引人注意。

"比方说，您看，那位客人就是第一次来。"

一位常客偷偷指一指窗边的位子。

跷着腿坐在那里的黑衣男子，正一边把英文报纸举在面前一边啜饮咖啡。

警部只瞥了那位男性一眼，便再度转头面向常客，对他们出示江崎建夫的照片。老板与常客们指着照片上那位笑容诡谲的男性，断言说"错不了的，就是这个男的"。

完美啊。菅野由美遇害是在晚上七点四十五分到九点之间，而江崎建夫这段时间一直待在这家咖啡厅角落的座位上。除非他懂得分身之术，否则绝不可能同时又出现在权藤大楼，杀害菅野由美。

杀害菅野由美的最可疑嫌犯江崎建夫的不在场证明就此成立。

"感谢您的协助。"风祭警部以绅士态度向老板道谢之后，便推开门走到店外。不过门上的铃铛声还没停歇，他立刻态度大变。"唉唉，居然有这种事！"风祭警部怒气冲冲地走向路旁的杜鹃花树，大叹道，"可恶，调查了一整天，又回到原点了吗？"接着，他又粗暴地乱拔杜鹃花树叶，大骂："我觉得凶手绝对绝对就是那家伙！"

"长官！请不要对着路边的树发脾气！大家都在看，而且——"

人家要是报警该怎么办啊？丽子附在他耳边低声这么一说，警部才惊觉自己在做傻事。

"那可就麻烦了。"他似乎回过神来了。

风祭警部马上把手上的树叶扔掉，若无其事地拍了拍白色西装的袖子，把凌乱的头发整理好，然后摆出一副从容不迫的表情。

"算了，仔细一想，搜查才刚开始嘛。今天就这样吧。接下来就看明天的搜查情况了——啊啊，对了对了，这么说起来……"警部像是突然想到什么似的弹了一下手指头，指尖对着丽子说，"我一忙起来就忘了，真不好意思啊，宝生。"

"什么事？"

"哎呀，你忘了吗？我们约好今晚我请你吃最高级的意大利料理啊——"

"没这回事！我绝不可能做出这种约定！"

丽子的尖叫声响彻整条立川路。风祭警部仿佛被看不见的力量推倒一般，往后朝路边树的方向仰倒。

"那么，明天现场见喽！"

风祭警部抛下这么一句话之后，便乘车离去了。

丽子目送车尾灯远去时，感受到漫长一天累积的疲惫，不禁叹了口气。一半以上的疲劳肯定是这位麻烦的上司造成的。事实上，今天的警部对丽子比平时更加死缠烂打。真希望他在追捕罪犯时也能有这种精神——不，还是不要指望他，任何事只要遇上风祭警部，期待总是会破灭，而不安往往会变为现实。

"唉，不过他也不是坏人。"

丽子一边温柔地为不在场的上司略做辩护，一边取出手机，拨了个电话号码。

"工作结束了，你现在马上过来。"

电话另一头传来一句："我明白了，那么，我三十秒内赶到。"

咦，三十秒？再怎么说，那也未免太——丽子正在讶异时，对方已经挂了。

丽子站在人行道上，环顾着大马路，就这样等了十秒、二十秒，却没有看到任何迹象。然后，三十秒刚过——丽子背后突然响起铃铛声。丽子回头一看，只见一名身材修长的男子一面折起英文报纸一面从鲁邦咖啡厅的门后出现了。

这位男子身穿仿佛能与黑暗融为一体的黑色西装，戴着能在黑暗中闪耀光芒的银框眼镜，头发梳理得服服帖帖，相貌端正。他走到丽子面前，用宛如书写"谦恭有礼"这几个字的流畅动作，优雅地弓身行礼。

"让您久等了，大小姐。"

丽子顿时说不出话来。让您久等了？开什么玩笑，什么让我久等啊："影山，你人不就坐在这家店的窗边吗？"

"正是。"影山脸不红气不喘，彬彬有礼地再次鞠躬。

影山是宝生家的管家兼司机，接送丽子往返位于国立市的自宅与工作地点（也就是国立市警署或杀人现场）是他的工作。所以，丽子一直以为他会开着车出现。她做梦也没想到，影山会在咖啡厅的收银台付了咖啡钱，单手拿着英文报纸，伴随着铃铛声打开店门，出现在她眼前。真是的，再怎么神出鬼没，也该有个限度吧。

"你在学跟踪狂还是私家侦探？一路尾随着我是吧？这是父亲的指示吗？"

"没这回事，我只是来迎接工作劳累的大小姐而已。"

"还敢说,明明就坐在窗边,偷偷观察我工作的情形。没想到那个人竟然是你。"

"您忽略了我也是没办法的事情。'谁都不会跟在咖啡厅里看英文报纸的人搭讪'——我只是利用了这个人人遵从的规律罢了。"

"这种规律我还是第一次听说呢,"丽子扭过头去,仿佛在说我受够了,"话说回来,车子哪里去了?该不会被拖走了吧?"

"请您放心,车子停放在那边的百元停车场里。"

"百元停车场?你在骗我吗?"

丽子不可置信地往影山所指的方向望去。

影山没有骗人。一辆巨大的豪华礼车,横跨三辆普通车子的停车位,好端端地停在那里。丽子因为目睹异样光景目瞪口呆,但影山用诚挚的语气严肃地说:

"大小姐,请问您身上有三百元吗——"

6

宝山丽子搭乘着影山驾驶的豪华礼车,返回自己的家——宝生宅邸。

宝生宅邸是坐落于国立市某处的豪宅,包含本馆、别馆、独立凉亭等,建筑物数量多到双手数不清。占地面积广大,国立市近郊没有规模足以凌驾其上的宅邸。不,有一个地方更大,就是位于府中的东京赛马场,不过那不能算是住宅。

斥资兴建这座乍看之下大而无当的豪宅的人——宝生清太郎,

是钢铁、造船、飞机、计算机通信、电力、天然气，甚至连影视、推理小说出版业都涉足的巨大财团"宝生集团"的创设人兼会长。而这位清太郎的独生女，正是宝生丽子。

所以说，最高级的意大利料理那种玩意儿，丽子本人只要想吃，随时都能吃得到，根本没有必要特地拿这玩意儿跟喜爱炫富的公子哥儿打赌。

丽子一回到家里，便解开束起的头发，摘下装饰用黑框眼镜，脱去黑色裤装。接着她换上华美的粉红色连身洋装，摇身一变，成为一位千金大小姐。接着她开始用晚餐——并不是最高级的意大利料理，只是极其普通的法式料理。

丽子吃完烤蔬菜色拉、扁豆汤、香煎鸭肉等平日吃惯了的餐点后，单手拿着高脚杯，坐在窗边的沙发上吹着晚风，优雅地享受这悠闲的时光。不过就算在这种情况下，闪过她脑海的还是风祭警部——不，是早上那件令警部觉得无比屈辱的案件。

这时突然有个声音对正在休息的丽子说：

"嫌犯似乎有完美的不在场证明是吧？"

是影山。拿着红酒随侍在丽子身旁的这名男子，乍看之下是个忠实完成服侍工作的仆役。不过他并非如此简单的人物，他真正的目的是想从丽子口中套出话来。这个名叫影山的男子，最热爱曲折离奇的杀人案，曾屡次介入令丽子陷入困境的难解案件。

"你说嫌犯有完美的不在场证明，为什么你会这么想呢？"

"看了风祭警部在咖啡厅里的发言与态度，我就察觉到了。那时风祭警部垂头丧气的样子，看起来就像是个'因为重要嫌犯的不在场证明成立而心有不甘的刑警'——我没说错吧?"

"没错,正是如此。"

在这件事情上,与其称赞影山的观察力,倒不如说那可怜的风祭警部行为举止很容易被人看穿。

"那么,嫌犯提出了什么样的不在场证明呢?"

"给我等一下!谁说要告诉你案件详情了?这个案子才刚开始查,调查要过很久才会陷入胶着呢。"

"等到变成无头悬案后再说给我听,还是现在就说,我认为都是一样的。"

"这个嘛,或许真是这样——可是我偏不说!绝对不说!理由你应该很清楚吧!"

丽子在沙发上顽固地扭过身子。影山轻轻推了推银框眼镜,又说道:

"莫非大小姐以为,我听了大小姐的说明后又会一如既往肆无忌惮地连连口出恶言?说'白痴''眼睛瞎了''水平真低''低下'之类的话吗?"

不不不,什么我以为,你已经说了一大堆啦!

影山看着蹙起眉头的丽子,把手贴在胸前,相当真诚地保证说:

"请您放心,大小姐,鄙人影山服侍宝生家已有半年,不仅已经熟悉了工作,和老爷与大小姐也越来越互相信任。我可以自负地说,作为管家,我已有了显著成长,所以绝不会再做出任何破坏大小姐情绪的事情。"

"真的吗？你是骗人的吧？骗人骗人！"

难不成这个喜爱愚弄大小姐的管家洗心革面了吗？丽子不敢相信。

可是如果影山所言不假，丽子的确想看看他变成了什么样子。只不过，丽子要确认这点，就不得不说出案情……

丽子觉得自己好像被骗了，但最后还是输给了诱惑。

"好吧，我就告诉你案情吧，听清楚了。"

丽子说完菅野由美遇害事件的详情后，影山深深地点了点头。

"简单来说，唯一而且最可疑的嫌犯江崎建夫，拥有完美的不在场证明，这正是本案的重点。那么请容我先确认一下，大小姐您认为凶手是江崎建夫吗？还是说您认为另有其人呢？请务必让我听听大小姐那充满揣测与偏见的见解。"

"你说得那么直接，但让人觉得很痛快呢。"

丽子赌气似的说起她那偏颇的见解：

"老实说，我认为凶手就是江崎建夫。他有强烈的动机，而且大概也隐瞒了些什么。况且，他又是人品不值得信赖的那种人，不仅充满野心，还工于心计。虽然脸蛋长得帅气，但个性冷酷无情，爱慕虚荣又自恋，朋友看似很多，却没有知心好友。他肯定有恋母情结，喜欢车子跟衣服……"

"请不要再说了，大小姐。再怎么说，心怀揣测与偏见是没资格当刑警的。"

"谁没资格当刑警啊！"丽子气冲冲地说，恶狠狠地瞪着管家，

"总之，我认为江崎建夫就是杀害菅野由美的真凶。不过他的不在场证明很碍眼。"

"我明白了。所以说，大小姐对我的期望并非'找出凶手'，而是'破除不在场证明'，我可以这么解读吧？"

"是啊。总之，你就朝这个方向想吧。"

"遵命。那么，我就以'凶手是江崎建夫'为前提，试着解析这个案件。在这个前提下，问题出在江崎建夫对风祭警部供称的不在场证明。可是，大小姐也在当场聆听他的证词，您是否发现了什么奇怪的地方呢？"

"这个嘛，我倒是没发现什么特别奇怪的地方。他说话的态度坦坦荡荡，陈述又没有时间上的矛盾。证词又有咖啡厅老板作证，不可能出错，算是天衣无缝的不在场证明呢，所以我才会这么伤脑筋啊。"

你到底想说什么呢？丽子不禁用眼神询问影山。于是，影山把脸凑向坐在沙发上的丽子耳边，以真的算是克制的用词，道出他的想法：

"恕我失礼，大小姐您还是老样子，依然那么白痴呢——就正面意义而言。"

丽子一口气饮尽高脚杯里的红酒，让心情平静一下。

原来如此，原来如此，管家影山确实成长了许多。事实上，半年前的影山，直呼大小姐为"白痴"时是一副置身事外之态，丝毫不见反省的模样，真是令人不悦。现在的他已经懂得分寸，知道要顾虑大小姐的心情，所以拘谨客气地加上一句"就正面意义而言"。了不起啊。这般跨越式的进步，真是值得赞赏。"开什么玩笑，你这个口无遮拦的管家！"

丽子将空玻璃杯用力放在桌面，撞出响声，然后突然站起身来。

"还是老样子的人是你吧！"

"哎呀，我不是补充了一句'就正面的意义而言'吗？我反省过平日的态度后，以为自己已经选择了足够温和的措辞了呢，真是遗憾啊……"

"遗憾你个头啦！再说，'白痴'根本没有什么'正面的意义'啊！"

"您说得是，请原谅我的无礼，"影山按教科书上的标准鞠了个躬，然后一脸正色地回归正题，"不过大小姐，关于江崎建夫供称的不在场证明，大小姐并没有看出什么奇怪的地方，这无疑是大小姐缺乏注意力的证明。因为在他的证词里明显存在相当奇怪的疑点。"

"是吗？"丽子压抑住怒火，重新在沙发上坐好，"哪里奇怪了？"

"让我们回顾一下江崎的证词吧。他的证词分为两部分：前半部分描述他于晚间六点左右，在路上遇见了已经从公司离职的友人友冈弘树，并接受友冈之邀，前往他家吃晚饭。然后，两人于七点三十五分在立川路上分手。后半部分则说他和友冈分别后，立刻进了咖啡厅，在那里一直待到九点半。您还是不觉得奇怪吗？"

"不，一点也不……你到底想说什么？"

"我觉得奇怪的是他不在场证明的前半部分。前半部分的证词主要讲他和友冈弘树这名男性一起干了什么——不过，真的有必要讲出来吗？在我看来，这部分完全没有意义，大小姐觉得呢？"

"是啊，这段证词确实多余。犯案时间推测为晚间七点四十五分到九点，江崎和友冈在一起时比这时间早，所以跟案件无关。不过这也是没办法的事啊，因为警部并不是问他从七点四十五分到九点为止的不在场证明，而是很粗略地问'昨天晚上你在哪里，做了些什么'。因此，江崎只好把案件发生前所发生的事情全部解释清楚啊。"

"原来如此，您说得有道理，"影山眼镜底下的双眸亮了起来，"不过，他有必要把案件发生前所发生的事情，说得比案件发生时所发生的事更加详细吗？"

"嗯？"丽子坐在沙发上，抬头仰望影山的侧脸，"你这话是什么意思？"

"我认为江崎证词的前半段与后半段，在信息量上存在巨大差距。根据江崎的证词，友冈弘树这个人是以前同公司的后辈，如今在货运公司的仓库服务，独自一人住在自行车竞赛场附近的'寿公寓'。两人的晚餐是炒饭，一起看的夜间棒球转播是阪神对广岛。此外，江崎甚至还描述了比赛的过程。是这样吧？"

"嗯，的确就是你说的这样。"

"而后半段证词又怎么样呢？这部分就太简略了。只说店名是'鲁邦'，店内有个留着大胡子的老板，他在那里喝着咖啡打发了近两个小时，江崎只说了这么一点点信息。为什么他不多说一点呢？比如店内的气氛如何，老板的年龄，胡子的类型，续了几杯咖啡，还有哪些客人在场，等等，他能拿出来说的事情明明很多啊。"

"这个嘛……江崎会不会不知道哪段时间的证词才是最重要的呢？所以才会把前半部描述得特别详细。"

"啊啊，您这样不行喔，大小姐，"影山立即摆了摆右手，"凶手就是江崎建夫没错，我们是以此为前提进行推理的。如果江崎真是凶手，他应该比任何人都更清楚实际犯案时间是几点几分，不是吗？如此一来，江崎应该很清楚哪段时间的证词才具有关键意义。"

"对啊，是这样没错……"

"尽管如此，关于犯案时间七点四十五分到九点之间这个时间范围，江崎只是轻描淡写地草率带过。而跟事件无关的时间范围，他却不知为什么提供了非常详尽的证词。这样的区别究竟是为什么呢？"

丽子默默地等待影山继续说下去。

"其实无需多做揣测。江崎为什么随便带过在鲁邦喝咖啡时发生的事情呢？那是因为他并不重视这段时间。江崎为什么要一五一十地清楚交代他和友冈在一起时干了什么呢？那是因为他更重视这段时间。"

"等等。你说重视，莫非——那才是真正的案发时间？江崎和友冈在一起的时间,也就是晚间六点过后到七点三十五分之间,这才是真正的案发时间吗?"

"正是如此,"影山恭敬地行了一个礼,"如果把验尸结果也考虑进去的话,可以更进一步将案发时间缩小到晚上七点到七点三十五分之间。"

"可是,这样就怪了。因为晚间七点半,住在国分寺若叶集合公寓一楼的松原久子大婶,在公寓前亲眼见到菅野由美喔。从那里到立川最快也要十五分钟,就算菅野由美到了立川之后马上遭到杀害,犯案时间推算起来还是在七点四十五分以后啊。"

"您说得是。既然如此,那就只剩下一种可能了:那位松原久子的目击证词并非事实。"

"咦!"丽子脑海里浮现出顶着一头大卷发的松原久子,"这是怎么回事?松原久子把其他人误认成菅野由美了吗?不,这不可能。因为她斩钉截铁地说,自己清楚看见了菅野由美的脸。"

"是的,那位女士并非误认或看错。说穿了,松原久子明知你们是警察,还故意作伪证。不过,她并非凶手,凶手还是江崎建夫。这是我们推理的大前提。"

"既然松原久子不是凶手,为什么要对警方撒谎呢?"

"问题就在这里。谎言有千百种,不过松原久子作伪证是想让警方相信,实际上在立川的人,当时还留在国分寺——这种谎言,一般人称之为什么,我想大小姐当然也知道吧。"

丽子的确很清楚,或者说非常熟悉。

"我是不知道一般人称之为什么啦,不过,警方称之为伪造不在场证明。"

"一般人也是称之为伪造不在场证明呢。而所谓的伪造不在场证明，通常是犯罪者为了摆脱嫌疑会做的事情。"

"的确如此。不过你这话是什么意思？难不成松原久子是江崎的共犯？"

"不，能够为江崎作出假的不在场证明的共犯是友冈弘树。那么，松原久子是想为谁制造假的不在场证明呢？松原久子的证词，能够让谁获得当时'不在'立川'现场'的'证明'呢——"

影山停顿了一下后，说出那个名字：

"菅野由美。"

"咦……"丽子大感意外，一时语塞。

"根据松原久子的证词，菅野由美晚间七点半时在国分寺。如果在同一时刻，立川发生了杀人事件，菅野由美就可以因为这个不在场证明成立摆脱嫌疑了。唉，这不过是与共犯口径一致捏造的最粗糙的不在场证明罢了。虽然不一定有效果，但是外行人能想得到的假不在场证明，顶多也就这样了。"

"你……你在说什么啊，影山……菅野由美不是罪犯，她是被害人呀……"

"不，大小姐。菅野由美不仅是被害人，还是罪犯。昨天晚上，菅野由美与共犯松原久子费尽心思捏造了不在场证明，试图以复仇之刃，偷偷制裁抛弃自己的可恨男子江崎建夫。可是——"

影山吸了一口气，以怜悯的口吻道出推理的结果：

"可是，菅野由美却反被江崎建夫杀害了。"

7

"这次事件乃是'复仇不成反遭杀害'的典型案例。只不过,因为几个偶然与误会同时发生,事情复杂化了——"

然后,影山从头开始解释这个案件。

"昨天晚间七点半左右,也就是松原久子谎称看到菅野由美的那个时刻,菅野由美实际上可能已经抵达立川权藤大楼三楼或四楼吧。当时,被手机短信叫来的江崎建夫也抵达现场。菅野由美手持刀械想要袭击他,但对方却是臂力胜过她的男性。结果,凶器被夺走,菅野由美反被江崎刺杀。江崎意外铸下杀人大错后,便匆忙离开了现场。"

"凶器和手机都是他带走的吧?那么接下来他做了什么?"

"过了大约十分钟,也就是七点四十分,江崎出现在鲁邦咖啡厅。到九点半之前,他一直在那里喝着咖啡,度过了近两个小时。这点正如江崎本人与大胡子老板所供述。江崎恐怕是在那家店里思考未来该怎么做吧。他刚刚杀害了菅野由美,然而先拔刀相向的人是对方。从这个角度来看,这件事或许可以被视为正当防卫。只是,即便法律上无罪,杀人仍旧是无法抹灭的事实。对于将来想要跟董事的女儿结婚,从此平步青云的江崎来说,这恐怕是个致命伤。不,婚事很有可能就此告吹。他经过深思熟虑之后,选择不公开事实。不过,光是保持沉默还不够。江崎与菅野由美的关系终将被警方查出,警方一定会怀疑到江崎身上。江崎为了回避这种情况,想了个办法。"

"那就是制造假的不在场证明,对吧?"

"是的。在鲁邦咖啡厅里的不在场证明并不成问题。问题是来到鲁邦之前,也就是关键的犯案时刻,晚间七点半左右没有不在场证明。于是江崎离开鲁邦,徒步前往友冈的公寓,向他说明情况,并提出相当可观的报酬,以获取友冈的协助。江崎之所以选择友冈作为共犯,主要因为这位友人就住在鲁邦附近。两人经过讨论后,捏造了不在场证明。那就是'下班途中偶遇友冈,随后拜访他家'这种老掉牙的情节。如此一来,从刚走出公司的晚间六点过后,到离开鲁邦的晚间九点半为止,江崎就能提出近乎天衣无缝的不在场证明了。他大概一次又一次地反复演练这杜撰的内容,将之深深记在脑海里了。"

"万事俱备之后,接下来就只要等待警方上门调查了,对吧?"

"然后今天一早菅野由美的尸体被发现,调查正式展开。住在若叶集合公寓的女大学生户田夏希的证词,很快就让江崎建夫被列为重要嫌犯。接着大小姐与风祭警部造访公寓一楼大婶松原久子的住处——问题就出在这里。这时,双方产生了奇妙的误解,大小姐您发现了吗?"

"什——什么误解啊?"

"大小姐是这么说的,松原久子'像是刚睡醒,慌慌张张地跑来玄关应门',而且'一身酒气'。换言之,她喝完酒睡到日上三竿才起床,想来应该是因为礼拜六不用打工的原因吧。这时有访客上门,松原久子急忙来到玄关一看,发现来者是刑警。然后刑警开口说:'关于菅野由美小姐,我们有些事情想请教你。'她想了一下，理解了整个状况。不，应该说她自以为理解了。于是她在刑警开口询问之前，就抢先回答'昨天晚上看到过那个女人喔'——"

"啊，原来是这样啊！松原久子搞错了刑警找上门来的目的。"

"正是如此。刑警们是来打听'被某人杀害的被害人'菅野由美的信息，可是松原久子并不是这么想的。她还不知道菅野由美遇害的事情，所以认定刑警们是来打听'涉嫌杀害江崎建夫的嫌犯'菅野由美的信息。因此她按照当初约定，说出足以证明菅野由美清白的、假的不在场证明。"

"既然本人都已经死了，这种伪造的不在场证明完全没有意义。"

"是的。然而，松原久子并没有察觉到这点。直到从风祭警部口中听闻菅野由美已经遇害，她才发现自己误会了。不过一切都为时已晚，她已经供出假的不在场证明。事到如今，她也不能改口承认自己说谎了。她很害怕，只好强调自己跟菅野由美绝无关联，就这样草草结束了和刑警们的对话。"

"我和警部轻信了她的这段假证词，连忙确认从国分寺到立川的所需时间，进而推算出犯案时间为晚间七点四十五分到九点。"

"然后你们来到江崎建夫的公寓。风祭警部向江崎询问昨晚的情况，江崎赶紧说出与友冈弘树一同编造出来的那段不在场证明。可惜那是多此一举。您明白我的意思吧？是的，假的不在场证明根本派不上用场。只要有江崎昨晚七点四十五分到九点半之间都待在鲁邦这个事实，他的不在场证明就完全成立了。"

"因为我们误以为七点四十五分到九点才是犯案时间。"

"是的。不过，江崎当时并不知道自己居然不知不觉间就拥有了完美的不在场证明。因此，他拼命描述熟记在脑袋里的假的不在场证明。他以为，假的不在场证明的时间范围才最重要。拜此所赐，他的证词过度侧重前半部分，导致整体证词欠缺平衡。所以他的策略才会露出一丁点破绽——就是这么回事。"

影山的说明告一段落。丽子叹了口气，然后用高脚杯里的红酒润了润喉。

"正可谓聪明反被聪明误呢。所以江崎得知自己的不在场证明成立时露出了又开心又困惑的微妙表情。他一定因为不在场证明成立而感到开心，却又因为成立的方式跟自己想象的不同而感到困惑。"

"正是如此。他那时才发现，自己说了一段多余的假的不在场证明，想必当时他内心感到非常后悔吧。话说回来，大小姐——"

"怎么了？"丽子坐在沙发上望向影山。

"您似乎想悠闲地品尝红酒，这样好吗？"

"是啊，"丽子单手拿着高脚杯，心情非常愉悦，"案件的谜团好不容易解开了，干脆痛快地开一瓶香槟王来喝吧。你也想喝吗？"

"不，我不是这个意思，"影山冷不丁在丽子身旁弯下腰来，并以极为郑重的语气对她说，"恕我失礼，大小姐——您刚才懒洋洋地瘫在沙发上，咕噜咕噜地大口喝着昂贵的红酒，一脸大功告成的表情，这样真的好吗？"

砰！丽子用力将高脚杯搁在桌上，猛然站起身子，展现身为大小姐的威严大喊："影山，你再说一遍看看！"

"您懒洋洋地瘫在沙发上，咕噜咕噜地大口喝着昂贵的红酒——"

"不用重复！不，连一遍都不准说！"丽子尽管感到愤怒、困惑、屈辱，以及些许的不安，但还是追问影山，"你到底想说什么？懒洋洋地喝酒不行吗？案件不是已经解决了吗？"

"不，大小姐。理论上是解决了，但是实际上案件在我们交谈时还在继续进行当中。您还不明白吗？"

"什——什么嘛，我不懂啦。难道还会发生什么事情吗？"

"请您仔细想想，"影山用比平常还要严肃的语气说道，"是跟松原久子有关的事情。她知道菅野由美企图杀害江崎建夫，毕竟她是提供不在场证明的共犯。可是她在今天得知这项计划以失败告终，菅野由美被杀害了。那么，菅野由美是被谁杀死的呢？松原久子应该一想就知道了吧，就是菅野由美复仇不成反遭杀害。"

"啊！"的确，影山说得一点也没错。只要站在松原久子的角度一想，这个结论自然就会浮出脑海。不需要特别的推理能力与观察力，也不论身份是刑警或管家。"松原久子知道'江崎建夫反过来杀死了菅野由美'——"

"请您再想一想，风祭警部在调查江崎的不在场证明之际，曾提及，住在同一栋公寓的大婶在昨晚七点半看到生前的菅野由美，江崎应该一瞬间就明白这位大婶在说谎。毕竟昨晚七点半菅野由美绝对不在国分寺，亲手在立川杀害她的江崎，比谁都更清楚这个事实。那么，他究竟会怎么看待这位向警方作伪证的大婶呢？"

"对了！根据影山的推理，江崎发现，那位大婶是替菅野由美作假的不在场证明的共犯，也就是说——啊！"

丽子发出短促的悲鸣，然后叫道：

"也就是说，江崎建夫知道——'那位大婶知道"江崎建夫反过来杀害了菅野由美"'！啊啊，真是够复杂的！"

"虽然复杂，但这种可能性很大。"

这样一来，江崎会觉得那位大婶非常危险。只要她一句证词，这起复仇不成反遭杀害的案件真相，就会立刻暴露在光天化日之下，丽子不认为江崎会任由这种情况发生。

"嗯？可是，江崎又不知道那位大婶叫松原久子……"

不，就算这样也不行。现在的若叶集合公寓里只住了女大学生与大婶，所以江崎绝不可能搞错目标。丽子的身体紧绷起来。

"我总算明白你的意思了。的确，现在不是懒洋洋地瘫在沙发上，咕噜咕噜地大口喝着昂贵的红酒，还一脸胜利表情的时候。"

此时此刻，江崎建夫或许正前往国分寺市，打算封住松原久子的嘴。丽子立即对随侍在旁的忠仆下令：

"影山，去准备最快的车！法拉利就行了，快点！"

这时，桌上丽子的手机响了。尽管有种讨厌的预感，丽子还是望向屏幕，来电者是风祭警部。丽子以眼神制止影山，将手机贴在耳边。听筒里传来警部不寻常的急促说话声。

"宝生吗？是我。发生大事了，是跟今天案件有关的事情。"

"是……是……咦，松原久子她……是……受了重伤……在警察医院是吧……这样啊……我马上过去……那么稍后见……"

丽子结束了与警部之间的短暂通话，关上手机。然后她对一旁待命的影山下达新的指示：

"不必开法拉利了，把平常的礼车开出来。"

"怎么了？"影山露出惊讶的表情，"是风祭警部的紧急通知吗？"

"是啊。听说有盗贼闯进松原久子的家。"

"是江崎建夫吧？那么，松原久子受了重伤，被送到警察医院了？"

丽子见影山脸色阴沉下来，忍着笑道出真相：

"不，被送到医院的是江崎建夫。松原久子今晚也喝了酒，她拿起酒瓶到处挥舞，打倒了持刀闯进家里的江崎。"

喝醉的大婶是最厉害的。影山的脸上瞬间绽出一抹微笑，丽子实在难以置信。

"江崎建夫反倒遭了报应呢——这真是再好不过了。"

第二部　杀人时请勿忘了帽子

1

宛如夏季延长赛般酷热的九月过去了，街景总算开始洋溢着秋季风情的十月中旬午后，巨型财团"宝生集团"总裁之女——用四个字来形容就是"富豪千金"——宝生丽子，来到国立市的市中心。

她身穿红色迷你连身洋装，自然吸引了路上男性的目光。其中也有人想鼓起勇气上前搭讪，不过，如影随形地跟在千金小姐背后的黑色西装男子，却不容许他们靠近分毫。

一坐上车就是当司机，一走在路上就是当保镖，买东西时从提包到书写送货收据一手包办，这个人正是宝生家的管家影山。

丽子与影山从大学大道拐进一条狭窄的巷弄，抵达一家店铺。店铺外墙上爬满常春藤，外观看来非常老旧。入口有扇厚重的木门，高挂的铜制招牌上铸着"CLOCHE"几个大写字母。

丽子指着那流畅但难以看懂的装饰文字，得意扬扬地开始解释。

"Cloche 在法语中是吊钟的意思喔，"然后她淘气地对随侍在侧的管家笑了笑，"这里是卖吊钟的店，很棒吧。"

影山面不改色地用指尖推了推银框眼镜。

"是帽子店吧，Cloche 也有状似吊钟的帽子之意。再说，大小姐不可能将难得的假日耗在购买吊钟上。"

"话是这么说啦，"失望的丽子指着冷淡的管家抗议道，"我说你啊，听到我在开玩笑，你不能好歹回个'超好笑'吗？现在我感觉好像自己开的玩笑很冷呢。"

"不，我绝无此意。只是要在下说'超好笑'实在是有点强人所难……"

丽子斜眼看着一脸困窘的影山，暗自叹了口闷气。丽子一站到"CLOCHE"门前，影山立刻以利落的动作打开厚重的门。

店里别有洞天。被间接照明的沉稳灯光照亮的店内，堆满了形形色色的帽子。

"哇，丽子姐！"一位年轻女子从店里走出来迎接丽子。

女子身穿白色衬衫配格纹裙，外面还披着一件水蓝色羊毛衫，头顶针织贝雷帽，打扮得像个少女。她正是本店女老板的独生女——藤咲美羽。

丽子是常客，与该店第二代老板美羽有相当长久的交情。

这位藤咲美羽就像看见月亮而兴奋不已的兔子，在丽子面前扎扎实实蹦了三下。

"你来了啊！最近完全没看到你，我还很担心呢。工作很忙吗？"

"是啊。最近实在没有空闲出来购物，毕竟国立市周边平均每个月都会发生一起杀人案。"

丽子用若无其事的语气说出可怕的字眼，因为她的职业是国立市警署的现任刑警。

这并不是千金名媛会从事的职业。不过隐瞒财团千金的真实身份，以一介刑警的身份度过的每一天都很惊险刺激。只有在职场上不能尽情打扮这点令她有些不满。

"今天你就慢慢看吧，丽子姐，这位是——"

美羽好奇地抬头仰望着影山，这是美羽和影山第一次见面。丽子介绍双方认识后，美羽和影山便在额头差点要撞上的距离下，互相鞠躬行礼。

接着美羽像是突然想到什么好点子，跑出店门，把挂在门上的"营业"挂牌给翻过来。于是"CLOCHE"一瞬间变成了"打烊"。明明还是白天，却临时歇业了。

"你不用这么做的，总觉得不太好意思呢。"

"没关系没关系，"美羽摆了摆手说，"反正妈妈出去进货了，而且丽子姐毕竟是我们店里最大的肥羊——不，最大的老主顾啊！"

"嗯？"丽子觉得好像听到了不可能出没在这里的动物名称……

丽子疑惑地看向美羽，帽子店的女儿露出惊慌失措的表情。

"总——总之！"美羽试图填补沉默，接着说道，"我有好多帽子想让丽子姐看看。那些帽子都很漂亮，很适合在接下来的季节戴呢。"

"我马上拿过来喔！"接着美羽的身影消失在店内。

"被藤咲美羽给逃了呢。"

丽子决定等她回来一定问问她"肥羊"是什么意思。

不过丽子的怒意并没有持续多久，因为美羽拿来的各种帽子立即刺激了千金大小姐的购物欲。

在店内的接待室里，古董台灯照亮宽阔的桌面。从优雅的经典款到最新的休闲款，各式各样的帽子一字排开，摆放在桌面上。坐在沙发上的丽子叹着气说："啊啊，被人当成肥羊也好啦……"

丽子被眼前的光景夺了魂，甚至没发现自己说了个冷笑话。

不知道是不是从丽子的模样感受到了危机，影山凑在她耳边低声说：

"大小姐，您没事吧？"

"什——什么嘛，不用担心啦。"

丽子坐在沙发上用力摇了摇头。

帽子是丽子的最爱，她甚至认为，没有什么能比帽子更取悦女性。珠宝、皮草、包包虽然也都很有魅力，但那些俗物只不过是日常生活中的装饰品罢了。附有白鹭羽毛的宽檐帽，装饰着大红玫瑰的钟形帽，点缀了粉红色缎带的康康帽——这些超脱日常的格调，只有帽子才能营造得出来。或者，称之为浪费的极致也很合适。毕竟在这个国家里，就算有地方买到缀有羽毛装饰的帽子，也几乎没有适合佩戴的场合。在国立市警署里工作，那就更不用说了。

即使如此，丽子还是要买帽子。为什么呢？

丽子是这么回答的——因为帽子就在那里啊！

因此，丽子本人虽然不是肥羊，但思考能力降至肥羊程度，立即咬住眼前的饵食，朝其中一顶帽子伸出了手。

"这顶好漂亮啊！"丽子把装饰着黑色蕾丝的绒帽戴在头上后，向站在一旁的影山征询意见，"怎么样，这顶适合我吗？"

"太棒了。真是太适合您了，充分衬托出了大小姐高贵的气质。"

"这顶也不错呢。"丽子戴上缠绕着蓝色缎带的钟形毡帽，再度问了同样的问题。

"真是太适合您了，雅致中带有华丽的感觉。"

"那么这顶如何？"这次是仿皮制的驼色贝雷帽。

"太适合您了，给人一种既休闲又可爱的强烈印象……"

"这顶呢？"饰有缎带花的宽沿毡帽。

"是，太适合您了。"

"这顶呢？"黑色皮革制鸭舌帽。

"很适合您喔。"

"这顶呢？"粗格纹福尔摩斯帽。

"很适合您。"

"那么这顶呢？"用漂白过的麻制成的灯罩。

"是，非常适合您喔。"

丽子经过一段漫长的沉默后决定了。"我要这个，多少钱？"

美羽在手拿着灯罩的丽子面前露出非常为难的表情。

"那个，丽子姐，这不是商品——应该说这不是帽子。"

"我知道。可是，我家的管家说这玩意儿——这个灯罩很适合我。换句话说，我的头跟灯泡没两样呢。"

"咳!"影山刻意清了清嗓子后,拼命试图辩解,"不好意思,大小姐,那个……我想说的是……不,没什么……"

看来,影山没想出什么借口。

丽子见管家低头恳求原谅,便落落大方地给予了赦免。"算了。不说这个了——"

丽子把灯罩装回台灯上,然后认真地看着美羽。

"其实我今天来这里并不是为了买帽子。我想就我现在负责的案件请教一下美羽的意见,你愿意帮我吗?"

"喔,当然,可是我真能帮得上忙吗?"

"当然啊,这个案件跟帽子很有关联呢。等等,我马上告诉你详细情况。幸好这里除了我们以外,没有其他人——"

丽子说完后表现出一副才注意到影山的样子。

"啊啊,影山,你不用听,毕竟我又不是找你商量。不过,自然而然听到就没办法了。"

"是,大小姐,"影山像是了然于心般肃穆地行了个礼,"那么两位请尽情畅谈,我会在这里充耳不闻的。"

丽子斜瞪了管家一眼后,开始仔细描述这桩奇妙的案件——

2

那是大约两周前,十月三日礼拜六上午的事情。国立市南部,距离南武线谷保车站步行约数分钟路程的地方,有一栋老旧建筑物,警方在那里发现了一具离奇死亡的女性尸体。

宝生丽子接获通知后,立刻赶到现场。

这栋两层楼建筑的一楼已经拉下铁卷门，看起来既像仓库，又像车库。不过只要稍微观察一下，就会发现那并不是车库。损毁的招牌上依稀可见"米山汽车修理厂"这几个字，紧闭的铁卷门上是有点凌乱的漆字"汽车维修"。看来，这栋建筑物似乎是已经倒闭的汽车修理厂。

丽子以黑色裤装配上黑框装饰眼镜这种朴素的打扮出现在现场，在巡警的带领下前往废弃汽车修理厂的入口。入口位于拉下的铁卷门旁，是一道像是厨房后门一样的小门，里面是四面围绕着钢筋水泥、空空荡荡又了无生机的空间。能够显示出过去这里曾是个汽车维修厂的，只有弃置在角落的机械残骸，以及浸透地面的油渍而已。

"嗨，早啊，小姑娘。"

丽子听到有人在距离耳朵非常近的地方这样呼唤自己，不禁大叫一声，差点一回头就在对方脸上赏一记右勾拳。好险。丽子将握紧的拳头藏在背后。"啊，长官，您辛苦了。"丽子像是掩饰害羞似的笑着行了一个礼。

不知道风祭警部是怎么理解丽子的微笑的，他满脸笑意地说："年轻女性横死车库啊，感觉像是谋杀呢。"

"警部，这里不是车库喔，听说原本好像是汽车修理厂。"

"这样啊，是我太贸然下判断了。因为这栋建筑实在太像风祭家的车库了，我一不小心就有了先入为主的印象。只不过，我家车库是这里的两倍大，停了三辆捷豹、两辆莲花，另外还有奔驰、宝马、沃尔沃、雪铁龙……"

风祭警部下意识地自吹自擂起来。他是那个知名汽车制造商"风祭汽车"创始人的儿子。若要以三个字来形容，他就是个"公子哥"。丽子把他的话当耳边风。真要比的话，宝生家的车库大概比他吹嘘的足足大三倍吧，不过因为某些原因，车库里连一辆捷豹都没有。但这样的话题真是无聊——

丽子和警部爬上铁制楼梯前往二楼。在二楼，两人目睹了完全想不到会在废弃汽修厂二楼看到的景象。

地面跟一楼一样，仍是光秃秃的水泥地，不过地上却有床铺、桌子等家具。房间一角还有个小厨房，天花板下垂吊着一盏不知该用豪华还是肮脏来形容的吊灯。房间不大，但还有扇窗户，窗帘是粉红色的。勉强想象得出来，这个看不出是哪国风格又没有统一感的房间应该属于女性。

"把废弃工厂的二楼改装成住处啊，这房间挺时髦的嘛。"警部说。

不过，现在这个时髦房间里挤满了从事警务工作的粗人。鉴识科科员拍照的闪光灯明灭闪烁，制服巡警来来往往，室内一片混乱。丽子他们被带到厕所窗户旁的另一个小房间，也就是洗澡间。不，或许说浴室更准确。

那是个相当特殊的空间，跟一般家庭洗澡间大不相同。

最引人注目的是大剌剌摆放在瓷砖地板中央的椭圆形白色浴缸。还不是普通的浴缸，而是装饰感很强的西式猫脚浴缸。说得更简单一点，这种浴缸能够让玛丽莲·梦露或碧姬·芭铎这些美女在泡泡浴中展露性感的腿部曲线，适合在电影里用。丽子只在好莱坞老电影中或是自家浴室里见过这种猫脚浴缸。

用来将热水注入浴缸里的水龙头，是花哨至极的金色。堵住浴缸底部排水口的橡皮塞是黑的，但是连着栓塞的链条也是金色的。莲蓬头不知道为什么被做成眼镜蛇昂首的形状，品位实在有点糟糕。

在这间浴室的浴缸内，一名全裸的年轻女性泡在水中，死了。

"嗯，死者似乎是在入浴时死亡的呢——这名女性的身份是？"

早先抵达的一位刑警回答了警部的问题。

"死者名叫神冈美纪，二十六岁，是这房间的住户。发现尸体的是一位同年纪的女性，名叫久保早苗。她说自己是神冈美纪的朋友。"

"我知道了。"警部点点头，转而望向浴缸。不过他的视线只在尸体上停留了一瞬间，随后马上投向天花板。他的视线再度回到尸体上后却又立刻转向墙壁。目光第三度望向尸体后即刻落到地上——警部的视线就这样在狭窄的空间内不断徘徊游移。

丽子坦率地询问举止可疑的上司："警部，您怎么了？"

"没事啦，"警部搔着鼻头说，"盯着女性裸体直看的行为实在是……尤其又要在你这样的女性面前这么做，我实在感到抗拒……"

"您在说什么啊，警部！"丽子不可置信地大叫，"请不要想歪了。再说，这样遮遮掩掩地看，怎么调查啊？没关系，您爱怎么看就怎么看！"

"什么爱怎么看就怎么看，我说你啊，"丽子的话让警部不禁目瞪口呆，不过他马上重新振作起精神，"好，我知道了，那就这么做吧，别把我当怪男人喔，宝生。"

"我才不会呢！"应该说，我从很久以前就把你当成怪男人了！

警部听了丽子的话，总算放心把脸凑近全裸的尸体。丽子也同样从他背后重新观察起尸体。

神冈美纪背靠浴缸边缘，双脚往前挺直。五官端正的面孔虽然没有化妆，却给人一种艳丽的印象。及肩的秀发染成漂亮的茶色，不过在目光可及的范围内，那白皙的肌肤上没有外伤。死者看来并不像遇刺出血，头部也没有遭到殴打的痕迹，更不像是被人勒死的。

"不太能看出这名女性的死因呢，难不成是自然死亡？"

的确，神冈美纪看上去就像是在泡澡时自然死去。

暂时没法看到死者的下半身，因为下半身被乳白色的半透明洗澡水以及浮在表面的泡沫掩盖了。

洗澡水呈乳白色，并且浮着泡沫，似乎是放了入浴剂的缘故。事实上，放置肥皂与洗发精的小箱内，有个使用过的入浴剂包装袋。警部确认了这点后，挺直了背脊呢喃道：

"跟我用的一样呢……"

"您说入浴剂吗？"

"不，是这个浴缸。我的浴室里有个跟这一模一样的浴缸。"

丽子的脑海中浮现出正在白色的猫脚浴缸内摆出性感撩人姿势、洗着泡泡浴的风祭警部，不禁有些作呕。这男人何必说出这种多余的信息啊！

风祭警部并不明白部下的心情，转身背对白色浴缸。

"总之，先跟第一发现者久保早苗谈谈吧。"

丽子和风祭警部离开二楼的喧嚣，在一楼入口附近和久保早苗见了面。

久保早苗带着略为紧张的表情，站在刑警面前。她身着灰色大衣配牛仔裤，是位很适合短发、看起来活泼外向的女性。她和死亡的神冈美纪是就读同一所大学的朋友，毕业后也是在同一家卡拉OK小吃店打工的工作伙伴。

一被问及发现尸体的来龙去脉，她立刻滔滔不绝地回答：

"今天我和美纪两个人都不用打工，原本我们要一起去玩的。我答应美纪来她家接她，所以上午十点就骑着摩托车来这里了。"

丽子想起这个废弃汽修厂前停放着一辆摩托车，那应该就是久保早苗的爱车。

"门并没有上锁。我一进入屋内，便大声朝二楼呼喊美纪的名字，可是我叫了好几次她都没有回应。我想她可能还在睡吧，于是爬上楼梯来到二楼。不过床上没人，房间里也不像是有人在的样子。我觉得奇怪，四处查看，发现浴室的门是半开的，里面透出灯光。我想她大概在冲澡，便往门缝里瞧。然后我看到女人的脚……直挺挺地伸出浴缸……原本还以为美纪那家伙肯定在开玩笑……不过情况有点奇怪，我开门进了浴室，结果发现……美纪沉在浴缸里……"

"沉在浴缸里？"盘起双臂的风祭警部听到这里，忽然抬起头来,"请等一等,神冈美纪小姐在浴缸里是什么姿势呢?"

"就是像这样子,上半身完全沉入水中,两腿伸到浴缸外。我吓了一跳,赶紧用双手拉起美纪的上半身,帮她换成脸部离开水面的姿势。可还是不行,美纪已经没气了。"

"那么,我们看到的尸体,是你移动过后的状态喽。你刚发现时,神冈美纪小姐的头是浸在水里的——也就是说,她是溺水死的吗?"

"啊啊,看起来是这样。洗澡不小心溺死,这种情况不是常有吗?"

"的确,和饮酒、打瞌睡、身体状况突然变差等一样,人的死因千奇百怪。你觉得神冈小姐是溺死的吗?"

"这个嘛,我也不知道呢。美纪那家伙虽然爱喝酒,但应该很擅长游泳啊……"

"不,这种情况跟擅不擅长游泳无关吧。"

风祭警部反驳了久保早苗毫无逻辑的话之后,立刻问了另一个问题:

"你发现尸体时,留意到了什么吗?好比说神冈小姐的样子,或是浴室的状况,等等,无论什么线索都可以。"

久保早苗沉思一会儿之后,抬起头说:

"不知道是不是跟美纪的死有关系啦,我正准备把美纪的身体从水里提起来时,觉得很奇怪,水量好像有点太少了。"

"你说的水量,是指浴缸内的洗澡水吧,"警部带着纳闷的表情向身旁的部下确认,"宝生,你注意到了吗?"

丽子把手指靠在眼镜边缘,试着回想浴室的情景。

"这么说起来,我也觉得洗澡水水量很少。水位低到连尸体的胸部都完全裸露在外了,那样泡澡好像会感冒呢。"

"不过也有半身浴这种入浴方式,而且就算洗澡水水量不多,溺死的危险性依旧存在。这件事虽然值得注意,但应该跟案子无关吧。"

丽子见风祭警部如此快速地断言,反而提高了警觉。根据过去的经验,这位警部所重视的现象其实并不重要,而他忽略的现象,才是真正解决案件的关键——这种状况似乎还挺多的。不过,如果神冈美纪的死真的纯粹是意外事故,那就根本不需要寻找破案关键了。

这时,久保早苗像是在期待着什么似的询问风祭警部:

"美纪的死只是单纯的意外事故。刑警先生,是这样吧?"

"不,现在下定论还太早喔,死因还要等候验尸和解剖结果出来才能知道。就算结果显示死因是溺毙,她还有可能是被某人强行压进浴缸里溺死的,那这就是杀人案了。"

"杀人案,怎么会……"

"这不是不可能的事,或许有强盗闯进这个家。这个住处是由废弃工厂改装而成,防盗措施似乎不太严密。请看——"

警部指向一楼入口的门把手。

"入口的门锁并不特别,而且也没有安装门链。只要想办法做出备份钥匙,就能轻易进入吧。凶手使用备份钥匙光明正大地从门口进入,趁神冈小姐在二楼入浴时,将她压进浴缸里溺毙,随后拿着值钱的东西逃走。这种情况并非毫无可能啊。对了！"

风祭警部突然拍了一下手，说出自己当下想到的意见。

"我想请你再重新看看二楼的房间，确认有没有什么东西被偷。当然，在你知道的范围内。"

小事一桩，久保早苗说着接受了警部的提议。

丽子和警部马上带着久保早苗再度爬上楼梯，前往废弃汽修厂二楼。

久保早苗一脸严肃地环顾起神冈美纪的房间，丽子也同样仔细观察这个极具特色的住处。

窗户旁有张大床，看似神冈美纪入浴前穿着的衣物散乱地扔在棉被上。房间中央摆放着古董风格的桌子及两把椅子，桌上有两本杂志。墙边立着一个木制旧装饰柜，摆放着小玩具和布偶之类的东西。电视和音响全都集中在房间一角，房内没有电话和传真机，或许只要有手机就行了吧。这么说起来，手机在哪里呢？她没有电脑吗？

丽子正在这么想时，风祭警部向久保早苗问道：

"怎么样，有什么跟平常不一样的地方吗？"

"这个嘛，我不太清楚呢。我想原本就是这个样子吧。"

久保早苗将视线投向房间角落的厨房。

料理台旁有个煤气炉以及一台小冰箱。基本的设备都有，做简单的料理不成问题。可是，实在很难想象神冈美纪会天天在这里烹煮三餐。虽说厨房里有单柄锅和烧开水的锅，但除此之外看不到其他器具，只有冰箱上放着一台微波炉。

"美纪厨艺并不怎么样,她顶多只会煮煮泡面,用微波炉加热冷冻食品。"

冰箱冷冻柜里塞满冷冻食品,这印证了她的话。丽子把冷藏柜的门打开的瞬间,不由得发出惊呼。

"长官!里头只有蛋黄酱跟人造奶油!"

不过并不是小偷把其他食材搜括殆尽了。根据久保早苗的解释,这个冷藏室平常就只是个拿来长期存放蛋黄酱跟人造奶油的箱子罢了。总之,厨房跟平常一样,没有变化。这是久保早苗的印象。

"再去厕所跟浴室,还有——嗯?这个门后面是什么?"

丽子把两扇门往左右两边开,里头是宽敞的衣橱。衣橱大得能让人走进去,是那种衣帽间型的衣橱。

丽子一脚踏进衣橱后,风祭警部也好奇地跟了进去。

"喔,衣服挺多的嘛。不过还是比不上我的衣橱。"

丽子对警部的衣橱毫无兴趣,置若罔闻地继续观察。

事实上,衣服的确多得非比寻常,套在衣架上的衬衫和裙子,从这一头到另一头,挂满整条粗实的衣杆。而且还不只是数量多,丽子挑出几件看了一下,发现大多是深受年轻女性喜爱的名牌货,其中甚至有价格超过十万元的高级货。神冈美纪似乎是个很舍得在衣服上花钱的女人。

这时,某个东西吸引了丽子的注意。那是衣橱边一个纵向的细长架子,形如两个彩色收纳柜垂直绑在一起,隔板的数量共有八层。奇怪的是,在这个处于饱和状态的衣橱中,只有这八层架子是空的。

这架子原本是拿来放什么的呢……鞋子和首饰似乎都有专门的收纳架……

"哎呀!"这时传来一阵轻轻的惊呼。丽子回头一看,不知何时久保早苗已来到丽子背后。她跟丽子一样,愣愣地注视着空无一物的架子。

"奇怪……这里的帽子怎么……"

帽子?丽子和风祭警部不禁面面相觑,随后同时将视线转向久保早苗。久保早苗在二人的注目下,指着有问题的架子叫道:

"奇怪……好奇怪……这个架上的帽子不见了……美纪很喜欢帽子,所以这个架子上应该摆了很多帽子。那些帽子全都不见了!"

3

丽子把神冈美纪的离奇死亡事件联系到帽子上时,暂时中断话题,注视着帽子店老板的女儿。你怎么想呢?藤咲美羽见丽子用视线发问,孩子气的脸上浮现出充满好奇的笑容。她说:

"那位风祭警部是个很有魅力的男性呢。丽子姐,下次请务必带那位警部先生到我们店里来喔。"

"啊?"美羽的反应令丽子目瞪口呆,"你喜欢警部吗?"

"当然,既爱慕虚荣又欠缺思虑的有钱人家的公子哥儿,这种人真是再好不过了,不是吗?他一定会超越丽子姐,成为我们店里最大的肥羊!"

"啊啊，原来是这个意思啊……"

这都无所谓啦，不过美羽，你刚才确实说了肥羊——超越丽子姐的肥羊！丽子感到愤怒，却也十分佩服热心经营的美羽。真是拿这个女孩没办法，真的要跟她脱帽致敬了。

"好啊，我随时都可以把风祭警部介绍给你，你就尽管把他当成肥羊吧。先不提这个了——"丽子像是刚想起来似的回归正题，"对了，帽子，帽子啊！"

"帽子从往生者的衣橱里消失了对吧？那么，除了帽子，没有其他东西不见吗？"

"好问题，美羽。还有其他东西不见了：手机跟笔记本电脑。这两样东西肯定是被凶手拿走了，凶手是为了拿走对自己不利的信息。"

"也就是说，她的死不是入浴事故，而是杀人事件喽？"

"没错。根据验尸与解剖结果，神冈美纪好像真的是因为喝下浴缸里的水溺死的，推测死亡时间是凌晨一点前后。不过，那并不是意外事故，因为死者的脚和小腿肚上，留下了疑似强力压迫造成的痕迹。恐怕凶手是趁着神冈美纪入浴时，抓着她的双脚硬举起来。神冈美纪的身体在浴缸内呈现头下脚上的姿势，头部没入水中。她完全没办法抵抗，就这样溺死了。虽然需要相当的体力，但这是谁都办得到的事，而且也花不了多少时间。问题是怎么把这起杀人案和帽子遭窃联系起来。"

"不能像警部说的那样，当作强盗杀人案侦办吗？"

"如果遭窃的是现金或珠宝，强盗杀人也不无可能，可是被偷的是帽子。为了偷帽子不惜杀人，你认为世界上有这种奇怪的帽子爱好者吗？"

"这么说也对。丽子姐虽然喜欢帽子，却又是个刑警……"

这话是什么意思？如果我不是刑警的话，就要把我列为嫌犯吗？

丽子轻轻一瞪，美羽掩饰失言似的嘿嘿笑了。

"顺便问一下，被偷的帽子具体来说有哪些种类呢？"

"嗯——这就不清楚了。久保早苗似乎也没有近距离看过那些衣橱架上的帽子。她只是在几次拜访神冈美纪的房间时，看到衣橱架上摆了帽子而已，所以并不知道准确的数量和种类。不过，从隔板的数目来看，应该有八顶左右吧。"

"那些帽子真的是杀人犯偷走的吗？会不会跟事件无关，其实是被主人转卖掉了呢？比方说一口气拿去当铺当掉之类的。"

"也有这种可能性。事实上，风祭警部一开始也说'被偷的帽子正是解开杀人之谜的关键'，可是最近我一问起来，警部却老是说：'帽子？喂喂，宝生，你还执着于帽子啊……'"

"听你这么说，案子好像就快变成'无头悬案'了呢。"

"所以我才会过来问问帽子专家美羽的意见嘛。"

这当然只是借口，实际上，丽子这些话全是讲给影山听的。不过，这位影山却只是一脸事不关己的表情，站在丽子身旁。丽子等得不耐烦，心不甘情不愿地试探影山。

"你刚才应该有意无意间听了我说的话对吧？怎么样，发现什么了吗？有发现的话就说来听听吧。"

于是管家毫不犹豫地回答:"那我就只提出两点。"随后马上开始发问。

"第一点,被害人的帽子全都不见了,还是只有衣橱架上的帽子不见了呢?"

"不是全部。衣橱最深处还有其他帽子,都装在瓦楞纸箱里。凶手似乎只拿走了眼前看到的帽子而已。"

"那么,关于剩下来的帽子,您知道其种类与特征吗?"

"现在我没办法立刻列举出来,"丽子先做了这段开场白,才开始回溯起自己的记忆,"不过,我看大部分都是感觉上很休闲的帽子。酒红色绒帽、茶色仿皮鸭舌帽、黑色皮帽、白色贝雷毡帽,还有牛仔材质的蓝色钟形帽,另外……"

"可以了,大小姐。"影山打断丽子。

"咦,可以了吗?怎么怎么,你已经知道什么了吗?"

丽子急着想知道影山的结论,但影山话锋一转,接着说道:

"接下来是第二点,被害人神冈美纪究竟靠什么维持生计呢?听您的描述,虽然还算不上极尽奢侈,但她的生活应该相当宽裕。住在改装过的废弃汽修厂二楼,用猫脚浴缸,衣橱中塞满名牌货,甚至还搜集了一大堆帽子。在卡拉OK小吃店打工,根本无法维持这样的生活。神冈美纪身边应该有男性资助她吧?"

原来如此,影山果然敏锐。丽子很干脆地回答了他的问题。

"你猜得没错。经过调查,我们得知神冈美纪身边有三名男性,她那略显豪奢的生活,似乎就是靠这三名男性资助。"

"他们都算是重要嫌犯吧。"

丽子听了影山的话后点点头，开始说起这三位男性——

4

从事件当天算起的接下来三天里，宝生丽子和风祭警部相继拜访了这三名重要嫌疑人。

事件当天，十月三日礼拜六的下午，刑警们开着警车，抵达武藏野线新小平车站附近的新兴住宅区。丽子等人下车之后，看到一栋新落成的别墅，住宅旁设有大型车库与宽广的庭院，着实气派。

门牌上写着"米山升一"这几个字。

米山升一是承揽汽车整备与维修业务的"米山汽修厂"社长，简单来说就是那个杀人现场——那栋废弃工厂的登记所有人。据说几年前米山在小平开设了新的汽车维修厂后，就把国立市的旧工厂关闭了。

"所以说，米山是利用社长特权，让年轻的情人住在关闭的工厂二楼喽。"

"我们没有证据能证明神冈美纪是米山的情人，长官。而且，您所谓的社长特权又是什么意思？"

但话说回来，两人的关系确实值得注意。丽子这么想着，按下门柱上的门铃。

米山升一出现在大门玄关，他身材魁梧，年纪大约五十岁，头发稀疏，戴着一副黑框眼镜，晒黑的皮肤上刻画着与年龄相符的皱纹。

他似乎已经知道刑警的来意。

"我已经听说案子的事，正想着警方也该来了。"

米山领着刑警们来到自家客厅。警部隔着桌子和嫌犯面对面，虚张声势地自我介绍说："我是国立市警署的风祭。"

在那一瞬间，米山的表情产生了微妙的变化。

"风祭是吗？这名字真少见呢。难不成您跟风祭汽车有关吗？"

"哈哈，怎么可能嘛，我常被误认成他们家的少爷呢，"警部轻松地一笑置之，"不过如果我是的话呢？"

"如果是的话，我想奉送您一张感谢状呢。送来给我们维修的故障车中，风祭汽车的数量高居第一呢。"

风祭汽车似乎特别容易发生故障，为汽修厂带来了丰厚的收益。

丽子差点忍不住拍着膝盖笑出来，警部那端正的侧脸眨眼间明显泛起红潮。就在他即将发怒时，米山又再度开口了。

"啊，不过我个人倒是蛮喜欢风祭汽车的。其实我也有一辆呢，虽然常出问题，但就是这样才好啊——哎呀，刑警先生，您怎么了？脸色看起来不太好呢。"

"不——不，没什么，"警部用手帕擦拭着冒汗的额头说，"我只是不知道该怎么控制自己的情感——宝生，接下来就拜托你了。"

"我明白了，长官。"

丽子用手指推了推装饰眼镜，接连提出问题："首先，可以请米山先生告诉我们，神冈美纪小姐为什么会住在您位于国立市内的废弃汽修厂二楼吗?"

"她是以前照顾过我的恩人的孙女。那是三年前的事了,当时她跟公寓房东起了争执,被赶出公寓,我看她好像陷入困境,所以就先让她住进废弃汽修厂的二楼,算是在她找到新房子之前的紧急避难所吧。结果她好像很喜欢在那里生活,就这样定居下来。"

"为了让那里更适合居住,您好像好好翻修过了。"

"她毕竟是恩人的孙女,我当然得特别关照啊。哎呀,没花多少钱啦,浴室和厕所都只是用原有的设备改建的。有什么问题吗?"

"没有问题,那个,您的家人没有表示不满吗?比方说您的夫人?"

"我们全家都知道这件事,我也收她房租。没想到事情居然会变成这样……"

米山升一黑框眼镜底下的双眼泛起雾气,他的声音也哽咽了。那是发自内心的悲伤,还是演出来的呢?丽子实在难以分辨。

丽子为了慎重起见,询问了他深夜一点前后的不在场证明。

"那时我在床上睡得很熟。我和妻子分房睡,所以没有人可以替我作证。刑警小姐难不成是在怀疑我吗?那您就错了,我跟她只是房东与房客的关系。"

警部大概是重新整理好心情了吧,他之前一直保持沉默,这时却突然开口问道:

"话说回来,米山先生,被害人衣橱里摆着的帽子不见了。关于这点，你有什么头绪吗？"

"帽子是吗？这个我就不清楚了。凶手会不会是个异常喜欢帽子的人？不是有这种精神异常的怪人吗？我记得很少见她戴帽子呢。"

警部听了米山升一毫无帮助的回答，没有任何反应。

第二天，十月四日礼拜天上午。丽子和风祭警部为了找安田孝彦这个男人问话，驱车来到与国立市毗邻的府中市。

安田孝彦的名字之所以会出现在调查中，是因为久保早苗提供的证词。据她说，"安田孝彦这个跟踪狂"紧追神冈美纪不放，让她"感觉生命受到了威胁"。为什么她会这么清楚知道跟踪狂的全名呢，因为这个名叫安田孝彦的人是神冈美纪的前男友。

"前男友变成跟踪狂，最后犯下杀人重罪，这的确很有可能。这次一定错不了的。"

他们抵达目的地后，风祭警部干劲十足地下了车，丽子紧跟其后。

据说安田孝彦三十多岁，是任职于当地印刷公司的职员。然而，他的住所却在府中监狱附近，是栋看起来像穷学生住的木造公寓。警部敲了敲薄合板制的门，里头传来和朝气蓬勃搭不上边的男性声音。

"来了，请问是哪位——"

开门探出头来的人，外表跟朝气蓬勃相去甚远，满脸胡碴，看起来没什么精神。警部虽然很肯定他就是这次要找的人，但仍照规定出示了证件。

"我们是国立市警署的人。你是安田孝彦先生吗?"

男人见到递到眼前的证件,抹抹脸,眨了两三次眼。然后他说了一句"请稍等一下",便暂时消失在房内。几分钟后,他再度出现在玄关前,眨着眼睛回答警部的问题。

"是,我是安田孝彦。啊啊,我知道,是神冈美纪的事情吧。听说她被杀了,我昨天在新闻上看到了。哎呀,没什么好惊讶的。我早就料到,那家伙迟早会遇上这种事情。"

"喔,这话是什么意思呢?不,先从你跟神冈小姐的关系谈起吧。神冈小姐是卡拉OK小吃店的兼职人员,而你则是对她穷追不舍的跟踪狂——是这样吧?"

"不对!"安田极力表示抗议,"我是神冈美纪的前男友,一直到今年春天为止,我们交往了两年。我对她一见钟情,猛烈追求后,她好不容易答应跟我交往。我和她交往的这两年里,为她付出了自己的一切。我为了跟她约会,花费了大半薪水。我为了送她礼物,耗去了大半奖金。我为了跟她出国旅行,散尽所有存款,最后连车子都卖了——结果我竟然被甩了。我忘不了我们分手时她对我说的话:'我讨厌没车的男人!'"

"是这样啊,"警部怜悯地看着安田,"真是悲惨的遭遇啊。你想必很后悔吧?"

"我当然很后悔,要是没有把车子也卖掉就好了……"

你是为了这件事情而后悔吗?丽子和风祭警部不禁面面相觑,叹了口气。安田孝彦这种人,肯定会一次又一次地被女人欺骗榨干。

"可是请相信我，刑警先生，我并没有杀人，跟踪这件事也是误会。有一段时间，我确实经常跟在她后面，但那是因为想对她提出忠告，我想告诉她，她要是继续这样，最后一定会下地狱的。事实不正是如此吗？"

的确。不过，会不会就是这个男人把神冈美纪给推进了地狱呢？丽子对安田孝彦越来越怀疑。

于是丽子试着询问他的不在场证明，结果不出所料，安田没有不在场证明，他一个人待在公寓的房间里。不过这也正常，要是一个单身男性能够明确提出自己在凌晨一点无懈可击的不在场证明，那倒不正常了。

"话说回来，"警部又提出那个老问题，"被害人的衣橱内有很多帽子不见了，关于这点，你有什么头绪吗？"

"我送了她不少帽子，甚至有稀奇古怪、不知道要在什么场合戴的那种。不过，我想不出凶手杀了她抢走帽子的理由，那一定是用来扰乱调查的掩饰行为啦。"

"不说这个了——"安田孝彦转移话题后，压低声音告诉了警部一个令人振奋的信息：

"其实我有些关于重要嫌犯的线索。"

第二天是十月五日礼拜一，丽子和风祭警部造访了位于国立市市郊的某所大学。这所大学的知名度与录取标准都不高，是神冈美纪过去就读的学校。

安田孝彦口中的重要嫌犯，是一位文学系教授，名叫增渊信二。根据安田孝彦的信息,增渊信二是有妇之夫,跟神冈美纪有亲密关系。简单来说,神冈美纪狠狠地剥削了安田,一见他没油水了,便马上把对象换成大学教授——至少安田本人是这么认定的。

"不过,长官,"丽子坐在已经停下的便衣警车的副驾驶座上问道,"安田提供的信息可以相信吗?他会不会只是因为被甩,为了一解心头之恨,故意把大学教授牵扯进来呢?"

"的确有这个可能。可是神冈美纪甩掉安田之后,需要新'钱包'也是事实。大学教授简直无可挑剔,不是吗?噢——"

警部坐在驾驶座上,指着挡风玻璃外面。"好像出现了喔。"

警部的指尖前方,有个正走向奔驰轿车的男性,年纪约六十岁,漂亮的白发与银框眼镜给人一种知性的感觉。他肯定就是增渊信二。

丽子与警部同时下了车,火速冲到嫌犯身边。

"您是增渊教授吧?"警部在奔驰前高声唤道,"我们是国立市警署的人。"

增渊露出惊讶的表情,然后不掩激愤地斥责刑警:

"你们突然跑来这里做什么!这里可是学校啊!好歹考虑一下场合吧!"

"真是非常抱歉,"警部恭敬地低下头莞尔一笑,"那么,我们直接拜访夫人在家的府上会更好吗?"

"不!在这里就行了!只能在这里了!就在这里谈吧!"

增渊可能觉得尴尬,焦躁地用指尖推了推眼镜的鼻托。

"仔细想想,大学校园是个很适合静下来交谈的好地方。"

然后增渊不给刑警发问的机会,自顾自地继续说:

"我知道你们为何而来,是神冈美纪同学的事情吧,她是我的学生。她被杀害了对吧?真是太遗憾了。可是,我除此之外无可奉告,因为神冈同学毕业后,我就再也没见过她了。"

"你说谎,"警部斩钉截铁地说,"从您家到她家只有步行五分钟的距离,就算她毕业了,你应该多少也有机会在附近见到她。"

"当然,我的确曾在路上遇到她好几次。我的意思是,我们没有机会面对面好好聊过。"

"这也是骗人的。觊觎神冈美纪小姐的跟踪狂,曾目击你们手挽手走在路上。"

"什么!"面对突如其来的指摘,增渊教授难掩心中恐慌,"跟——跟踪狂跟我,你相信谁说的话呢?"

"我当然相信教授所说的话喽,"风祭警部眉毛不挑一下地断言道,然后突然提出关键问题,"十月三日凌晨一点左右,教授你在哪里,在做什么呢?"

"这是在调查不在场证明吧?三日凌晨一点,也就是礼拜五深夜对吧?那时我在自己家里,在书房里写文章,没有证人。毕竟等家人都睡了之后才能专心工作,不是吗?"

总之就是没有不在场证明,不过米山升一跟安田孝彦也没有。看来,在这个案件中,不在场证明似乎并不是查明真相的关键。

那么关键会是什么呢?到头来,还是那些帽子吗?

于是丽子照例问了关于帽子的问题。

"帽子？这我不知道。我不是说过我跟神冈同学没有关系吗，她衣橱里有什么我哪知道。两位还有什么问题吗？我要告辞了。"

增渊信二单方面结束对话。丽子本以为他会坐上奔驰，没想到他却经过奔驰，坐进停在旁边的一辆小型汽车，随后马上发动引擎，一溜烟开走了。

5

在帽子店的一角，宝生丽子大略说完了帽子案件的经过。

藤咲美羽简单概括了丽子话中出现的三名男性。

"简单来说，嫌犯是'疑似情人的房东'米山升一、'疑似跟踪狂的前男友'安田孝彦、'有犯案嫌疑的情人'增渊信二，对吧？嗯——这三个人似乎都很可疑，我实在看不出谁是凶手呢。"

"不，在说出'有犯案嫌疑的情人'这句话时，你已经认定答案是了吧？"

丽子愕然地望向美羽。美羽轻轻清了一下嗓子，然后缓缓开口说：

"我对整件事已经大致了解了。那么，我可以说说自己的意见吗？"

"说啊——咦，美羽，你想到什么了吗？"

"是啊。话虽如此，我既不是刑警，也不是侦探，更不是名侦探的孙子，所以我不可能说'赌上我爷爷的名誉'这种话！不过，我身为帽子店老板的女儿，应该多少能够就帽子之谜提出一些意见。线索就在丽子姐说的话里——请稍等一下喔。"

美羽从座位上起身，穿过店内陈列的帽子，消失在店的后面。美羽再次回到丽子面前时，手里拿着新的帽子。虽说是新的，却也不是今年秋天的新款，而是已经有两百年以上历史的经典款。

这顶帽子形状很特殊，顶部的侧缘隆起，中间凹陷，宽阔的圆形帽檐在左右两侧翻转弯曲。那是以强韧的毛毡制成、给粗犷勇猛的开拓者们戴的帽子。

也就是俗称的牛仔帽。

西部片明星约翰·韦恩与亨利·方达，名摔跤选手斯坦·汉森入场时，都常戴这种帽子。

不过她为什么要拿出牛仔帽呢？

美羽见丽子一脸惊讶，得意地轻咳一声："丽子姐，你知道吗？所谓帽子这种东西呢——"然后她开始卖弄学识。

"帽子这种东西，功能并非只有遮阳和保护头部而已。贵妇戴的羽毛帽是用来营造华丽感，警官戴的制帽是权力的象征。而牛仔帽也不是只有戴在头上一种功能，还有其他用途。比方说，宽阔的帽檐在天气酷热时可以当作扇子使用，生火时拿来扇风也很方便。把帽子翻过来之后，用两手拿着，就能一口气搬运许多像是鸡蛋或钱币等零碎又难以运送的东西。不过，牛仔帽最大的用处在于——丽子姐，你知道是什么吗？"

"咦？你突然这么问，我也……"

这时一旁响起平静的声音，仿佛是代替困惑的丽子回答：

"还可以用来汲水吧。"

那是影山，本来应该置若罔闻的他，似乎忍不住想说话了。

"诚如大小姐所知，牛仔帽的别名叫作十加仑帽。加仑是液体容积计量单位，一加仑约等于三点八升，而十加仑就是三十八升。简而言之，牛仔帽是一种既结实又深的帽子，足以汲取多达十加仑的水。"

"喔，原来牛仔帽有这种妙用啊——借我一下。"

丽子从美羽手中接过帽子，试戴起来。令人意外的是，尺寸刚刚好，戴起来感觉也不差。丽子往墙壁的穿衣镜里一照，只见镜中的富豪千金正散发出一股西部女枪手的气质。得意忘形的丽子左看看右看看，最后忍不住用右手比出手枪的形状，朝镜中的自己摆了个射击的姿势，喊道："砰！"

镜中的帽子店老板的女儿呜地呻吟着，按住左胸："太——太棒了，丽子姐！你那美丽的英姿，射穿了藤咲美羽的心啊！"

"喔——是吗？这适合我吗？哼——哼哼，出乎意料地好呢……"

影山看到丽子不自觉地绽放出笑容，立即发布了"异常购物警报"：

"大小姐，请冷静一点。这是警长戴的帽子，不是淑女应当拥有的东西。"

"我——我知道啦！只是戴着玩嘛！"丽子难为情地脱下警长帽子，回归正题，"那么，这牛仔帽又怎么了？跟浴室杀人事件有什么关系……嗯，浴室？"

丽子突然发现问题的症结，牛仔帽用来汲水很方便……

"对了，犯案现场是浴室。死者溺死在浴缸里，而浴缸里剩下的水量异常之少，难不成，有谁把洗澡水从浴缸里舀出来了？这么说，那个西洋风格的浴室里，好像的确没有脸盆和水桶。"

"就-——就是这个意思！"美羽正中下怀似的点了点头，"凶手杀害了神冈美纪后，基于某种理由，被迫得将浴缸里的水舀出来，可是，手边却没有合适的工具。这时，凶手看到了衣橱中的帽子。我不知道那里是不是有牛仔帽，不过，拿别的既结实又深的帽子，也是一样的。"

"是啊，这样就能够拿来舀水了。"

"然后帽子就完全湿透，凶手不得不将那顶帽子带离现场。可是，只带走摆在架子上的一顶帽子，更容易引人怀疑。所以，凶手才会干脆将那里的所有帽子都带走，是吗？"

"这样的确说得通。你好厉害啊，美羽。影山，你也是这么想的吧？"

出乎意料的是，影山似乎因为愧疚，轻轻垂下眼镜后面的双眸。

"很抱歉，我无法赞同这段推理。因为，我认为凶手不会首先想到用衣橱里的帽子汲。一般人更容易联想到厨房里的单柄锅和汤锅，那些东西也更为实用，凶手没有必要非使用帽子不可。"

"对喔，这样做比较正常，"丽子只好认同，"而且，凶手为什么要把浴缸里的水舀出来呢？我想不出个合理的解释，无法把帽子跟浴室杀人事件联系起来。"

"既然这样，帽子又为什么会从杀人现场不翼而飞呢？啊啊，推理又绕回原点了。"美羽遗憾地说。

然而影山却用力摇了摇头。

"不，推理并没有回归原点。关于帽子具有出人意料的用处这点，美羽小姐的知识的确值得注意。对凶手为什么要带走所有帽子的解释，也相当优秀。"

丽子听到管家和善得令人意外的发言，难掩心中的不快。

"嗯——这样啊，你没有批评美羽的推理'白痴'，而是说'优秀'啊，哦哦——"

"不，在下绝无此意……"对大小姐尖锐的攻击，管家露出困扰的神色。

丽子斜眼看着影山那惊慌失措的样子，心中窃喜。

"算了，不说这个了。从刚才那番话听来，影山你好像已经看穿了事件的真相。既然如此，你也差不多该把你的想法说来听听了。"

"遵命。"影山恭敬地行了一个礼，侧脸露出松了一口气的表情。

6

影山开始对丽子和美羽讲述自己的见解。

"多顶帽子从衣橱中消失，帽子的颜色与数量未知，大小姐您是这么说的。不过衣橱内有个瓦楞纸箱，里头放了绒帽、仿皮鸭舌帽、皮帽以及贝雷毡帽等。收藏在瓦楞纸箱中的帽子，跟摆放在这张桌上的各种帽子，是一样的东西。"

"嗯，这话是什么意思？"丽子顿时觉得纳闷，"这里的帽子跟在瓦楞纸箱内找到的帽子完全不同喔。神冈美纪收集的帽子没有这么高级，而且，大部分都是更简便更休闲的款式喔。"

"不是的，丽子姐，"美羽插嘴说，"管家先生说的是帽子的材质。丝绒、仿皮、皮革、毛毡，放在这桌上的帽子，也都是用这些材料制成的。"

"啊啊，这么说来的确如此，"丽子看了看眼前的帽子与身旁的管家，"但你是什么意思呢？"

"您还不明白吗？提示：是事件发生的日期。"

"事件发生在十月三日，是个没什么特别的周末吧。"

"的确。那么两天前的十月一日呢？"

"你问我十月一日是什么日子吗？"丽子思考了一下，马上就想到了，"十月一日是换季——对了，十月上旬是换季的日子呢。"

"正是如此。不过，这里摆放的这种秋冬款帽子，当时可能还沉睡在衣橱深处的瓦楞纸箱里。因此我们可以这么推测，那个八层的架子上，可能还摆放着春夏款的帽子。"

"今年夏天很热呢，直到最近都还是秋老虎天气，换季时间延迟了。"

"是的。现在我想请教美羽小姐，所谓春夏基本款，是什么材料的帽子呢？"

"咦？"美羽尽管感到疑惑，却还是立刻回答，"如果以材料来说，最常见的基本款应该是麦秆草帽吧。今年夏天再度兴起了一股麦秆康康帽的风潮呢。"

我去拿一顶过来吧——美羽又穿过陈列的帽子，往店内一角走去。美羽再度回来时，手中拿着一顶用麦秆编成、样式简单的康康帽。影山接下帽子后，将它对着照明的灯光，满意地点了点头。

"喔，这个正好，这顶能派上用场。"

"你说派上用场是什么意思？"丽子歪着头说，"用麦秆草帽很难把浴缸里的水舀出来吧，水会从网眼之间漏光的。"

"您说得没错。不过，正是因为水会漏光，才派得上用场。帽子并不是要拿来当成舀水的工具，而是当成沥水的工具。"

丽子听了影山这番令人意外的话，一瞬间愣住了。

"沥水？你是说——拿来当筛网吗？"

"正是如此。听您的描述，神冈美纪似乎不是会煮饭的那种人。所以，厨房里有单柄锅与汤锅，但恐怕找不到沥水用的筛网之类的东西吧。于是凶手在仓皇中想出了一个不是办法的办法，把衣橱中的麦秆草帽当作筛网的替代品。其实，这种想法没有什么奇特。这顶康康帽戴在头上是帽子，但只要反过来拿在手上，不就很像竹编的沥水筛网吗？"

"嗯——的确，看起来是很像。可是，凶手要拿麦秆草帽做筛网做什么呢？难不成他突然想在杀人现场煮荞麦面来吃吗？"

"不，筛网这种工具，并非只是用来在煮面时沥水而已，也可以用来从液体中取出固态物体。最典型的例子就是捉泥鳅。"

虽然影山把泥鳅定义为固态物体不太妥当，但丽子想到了："我懂了。你是说凶手想要从浴缸的水里捞出什么。换句话说，凶手把某样东西遗落在浴缸里了。"

"正是如此。问题在于那个物体是什么——您知道吗？"

"等一下啦，我正在想。"

丽子抱起双臂自言自语："那应该是对凶手很重要的东西。那东西很小，必须用筛网才能捞得起来……而且，在起泡的乳白色洗澡水中很难看得清楚……颜色是白色，不，透明的……啊！"

这时，丽子脑海里灵光一闪。体积小又透明无色，所以难以发现，对凶手非常重要，很可能是在杀人过程中遗落的。那是——

"隐形眼镜！没错，凶手在杀害神冈美纪时，不小心把隐形眼镜掉进浴缸里了。凶手为了把隐形眼镜从洗澡水里拿出来，需要筛网。可是屋内没有筛网，于是便拿麦秆草帽代替。凶手把架子上的帽子全都带走的原因，跟刚才美羽的解释一样。是这样吧？"

"哇，太完美了，丽子姐，"美羽兴奋地向前迈出一步，"那么，凶手是戴隐形眼镜的人喽！"

"应该是这样。从三位嫌犯来推断，米山升一戴着黑框眼镜，增渊信二戴银框眼镜，那么最后一个男人呢？风祭警部在玄关前出示证件时，他的眼睛很贴近证件，好像看不清楚。然后他退回屋内，回来时又能正常看东西了。也就是说，他是回房里戴隐形眼镜的。正是这样！"

丽子带着绝对的信心，说出那个男人的名字：

"杀害神冈美纪的凶手就是'疑似跟踪狂的前男友'安田孝彦！"

接着，丽子满心期待获得热烈的赞同，便向身旁的管家征求意见。

"影山,我的推理怎么样啊?快,说点什么来让我听听吧。说'真是太优秀了'也可以喔。"

然而影山并没有说出"优秀"二字。相反——

"不好意思,大小姐,"影山直直地注视着丽子的眼睛,认真地发问,"大小姐是在开玩笑吗?"随即,影山以恭谨的语气对愣住的丽子说道:

"如果真要说,只能是'超好笑的呢……'"

他们沉默了几秒钟。打破沉默的是帽子店老板的女儿。

"那个,是我听错了吗?刚才管家先生好像说了什么奇怪的话……"

"你没有听错,美羽。我家的管家就是这种男人。"

丽子突然从沙发上起身,双手叉腰,开始宣泄满腔怒火:

"影山!你那句'超好笑的呢'是什么意思?宝生家的管家,怎么样也不该说出这种话吧!"

"是,我也是这么认为。不过,大小姐好像在开玩笑,所以我才会这么说。莫非您不满意吗——"

"怎么可能满意!我根本没在开玩笑!"

丽子气愤难平,哗啦哗啦地乱抓头发。"真是的,人家明明那么认真地推理,为什么管家非要说什么'超好笑的呢'来羞辱我不可啊。"

"丽子姐真可怜,"美羽一边怜悯地看着瘫坐沙发上的友人,一边对管家问道，"丽子姐的推理错了吗？"

"不，并不能说全错了。凶手使用隐形眼镜，这项推理是正确的。不过，据此断定安田孝彦是凶手太过草率。有很多人同时拥有一般眼镜和隐形眼镜。米山升一和增渊信二平常虽然习惯戴眼镜，但实际上也可能拥有隐形眼镜。在无法否定这种可能性的情况下，隐形眼镜不宜作为认定凶手的决定性依据。"

头发凌乱的丽子不满地抬起头来。

"如果隐形眼镜无法成为决定性的依据，为什么又要往这个方向推理呢？之前累积的推理，难道全都白费了吗？"

"并没有白费，隐形眼镜正是解决案件的关键。不过，'凶手经常使用隐形眼镜'一事并不重要，'凶手拼了命地想要找出掉进浴缸里的隐形眼镜'才是重点。您明白了吗？"

"不明白。凶手想要拿回遗落的隐形眼镜是理所当然的事情啊，因为根据隐形眼镜能查出凶手的身体特征。我要是凶手，绝对不会让隐形眼镜落入警察手中。"

"大小姐说得没错，凶手的确想要避免让警察取得隐形眼镜。可是——"

影山停顿一下，然后提出关键问题：

"既然如此，凶手为什么不干脆把浴缸的栓塞拔掉呢？"

"啊？浴缸的栓塞？"

"是的。把浴缸的栓塞拔掉后，无论洗澡水或泡沫，当然，也包括隐形眼镜，全都会流进排水孔里。如果想湮灭证据，这么做就够了，而且也花不了多少工夫。为什么凶手不选择最轻松的方式呢？总不可能是因为舍不得一片几万元的隐形眼镜吧。您想想，在杀人现场盯着尸体，做出捕泥鳅般的举动，相较之下，几万元的支出实在是太便宜了。"

"的确如此。可是，没有隐形眼镜的话，凶手会很困扰吧？毕竟这样一来就看不清楚了啊。"

"但是，很少会有两片隐形眼镜同时掉落的情况发生。凶手恐怕也只掉了一片隐形眼镜。如此一来，还有一只眼睛的视力正常，应该不至于太困扰，不是吗？"

"这么说也对……"丽子不得不同意，"反正人都已经杀死了，之后要做的只有拿着电脑和手机离开现场。做这些事情，戴着一片隐形眼镜就能办得到……然而凶手却留在现场，拼了命地想要找出另一片隐形眼镜……所以说，凶手无论如何都需要两片隐形眼镜……啊！"

丽子的脑袋今天第二度灵光一闪。不过现在高兴还太早，她为了不让刚才的丑态再度上演，慎重地再三斟酌后才开口说：

"不凑齐两片隐形眼镜，凶手就无法离开现场，因为凶手是开车前往现场的。是这样对吧？"

影山静静地听着。

"难——难道不是吗？只戴一片隐形眼镜在深夜的路上开车太危险了，万一发生事故，凶手就真的玩完了。可是，凶手又不能把车停在现场附近，自己走路离开……没错吧？"

丽子战战兢兢地窥探管家的反应。影山像是发自内心感到佩服似的把手贴在胸前，低下了头。

"不愧是大小姐,您的推理真是太精彩了。"

丽子松了口气,不知为什么,心头涌现既喜悦又害臊的感情。丽子尽管感到困惑,却还是不由自主地逞强说:"还好啦,毕竟我也是职业的啊。"

美羽什么话也没说,就这样笑盈盈地注视着装模作样的丽子。

管家开始流畅地叙述一连串推理:

"正如大小姐所说,凶手应是开车前往现场的。那会是三名嫌犯之中的谁呢?不可能是安田孝彦,他对神冈美纪奉献了一切,很遗憾,他似乎没有车。那么增渊信二呢?身为大学教授的他平常以小型汽车代步。不过,他家位于国立市内,而且离命案现场不远,只要走五分钟就能抵达。要在深夜偷偷往返这段路,需要特地开车吗?徒步反而更安静又安全吧。此外,如果他是凶手,就没有必要拼了命似的寻找隐形眼镜了。因为回家戴上眼镜后再回来要简单得多。所以增渊信二不是凶手。如此一来,嫌犯就只剩下一个人,就是废弃汽修厂的所有人米山升一。他住在小平,为了杀害神冈美纪特地开车前往国立市。恐怕就如同风祭警部的推想,米山升一与神冈美纪是情人关系,两人的感情纠葛,引发了这次事件。"

不过以上终究都是推测罢了——管家保守地结束推理。

米山升一被捕,是在那天之后过了一个星期。罪行并不是杀人——而是因为任意丢弃废弃物,被当成现行犯遭到逮捕。米山深夜离开家,来到文豪太宰治投水自尽之地,著名的玉川上水,正准备丢弃某件四边形物体时,被刑警亲手逮捕。

刑警们其实就是风祭警部与宝生丽子，四边形物体则是神冈美纪的笔记本电脑。

米山杀害神冈美纪的那天晚上，将留有两人通信记录的电脑带离现场。可是，调查范围扩及他时，米山开始对手边保留着犯案证据的电脑感到不安。所以他趁着深夜，做出任意丢弃废弃物这种马虎又随便的行为。

于是帽子事件就这样顺利解决了。

如释重负的丽子，瞒着影山偷偷造访"CLOCHE"。她抵抗住藤咲美羽推荐的种种新品的诱惑，只买了一顶最喜欢的帽子。

丽子回到家后，马上解开帽盒的缎带，开心得几乎浑身颤抖。

一旁的管家看到丽子天真无邪的模样，叹着气说：

"您又买东西了是吧？这次买了什么……"

"有什么关系。这是给我自己的奖励，顺便当作解决案子的纪念。呜呼呼呼……"

盒子里的帽子是茶色的。丽子立刻将帽子戴在头上，端详起镜中的自己。她一会儿往左，一会儿往右，一会儿收下巴。然后，丽子用右手比出手枪的形状，顶起帽檐，以这个姿势询问身旁的管家。

"影山，怎么样，合适吗？"

影山立即露出大吃一惊的表情。然后他注视着宽阔的帽檐与丽子的脸，回答道：

"真是太适合您了，警长大人。"

第三部　欢迎光临杀机派对

1

"唉,影山,你觉得哪顶比较适合?"

宝生丽子坐在礼车后座上,轮流戴着两顶帽子,同时透过后视镜窥视着驾驶座里影山的反应。"是这顶紫色的宽边帽好,还是这顶缀有蕾丝的粉红色帽子好?"

管家兼司机的影山迅速将视线投向镜中。"无论哪一顶都非常适合您。"他给了这个不痛不痒的回答后,用略带讽刺的语气透露出真心话:"只不过,无论是哪一顶,都不像是现任警官会戴的帽子。"

"哎呀,才没这回事呢。以前我在电视上看过,有个留法归国的女刑警,戴着比这更花哨的黑色帽子,走在飞机跑道上呢。"

"您是说二十世纪七十年代中期的《降龙伏虎特警队》吗?那可是连续剧喔。"

是这样吗?丽子歪着头说。她是任职于国立市警署的正宗女刑警。可是她的另一重身份,是网罗了金融、电机、信息、不动产,甚至传播、音乐、推理小说出版业的超级复合企业——"宝生集团"总裁宝生清太郎的独生女。

今天是十一月的某个假日,她正准备去参加朋友的派对。丽子平常在职场上总是被迫打扮得很不起眼，不过，一到派对上，她就会充分放纵名门千金的"装扮欲"。事实上，今天她的装扮就是完美的大小姐规格。蕾丝蔷薇点缀的大红色礼服，兔毛披肩，脚上穿着饰有缎带的细跟高跟鞋。现在她正为了搭配什么帽子而烦恼着。

"决定了，就戴这顶吧！"丽子选择了粉红色的帽子。接着她又从身旁的小箱内取出数种首饰，带着出神的表情端详起来。

"唉，你觉得哪种珠宝比较好？钻石，翡翠，还是红宝石——"

然而，影山只是在驾驶座上发出疲倦的叹息。

丽子犹豫再三，总算完成了首饰的挑选，载着两人的礼车终于抵达高级饭店的聚集区——高轮。在这个知名大饭店激烈竞争的地区，有一家老字号饭店名为"港区酒店"。这家饭店的新馆大厦，就是今天举办派对的地方。

影山把轿车停在正面门廊前，随即从驾驶座下车，打开后座车门。丽子以熟练的架势将双脚伸出门外，一瞬间，站在入口附近的几位绅士的视线都紧盯着丽子的一双腿不放。丽子充分意识到这些男人的目光，缓缓地下了车。然后，当套着细跟高跟鞋的右脚优雅地踏出第一步时——

咔！右脚踝突然无力地拐了一下！丽子还没回过神来，已经像被人击出逆转再见全垒打的投手一般，双手贴地跪倒在地。身为名门千金，不该这样失态。丽子一抬起面容僵硬的脸，绅士们马上转头朝向其他地方，装作没看见。机不可失，只花了零点一秒丽子便利落地站起身子，然后刻意威严地问身旁的管家：

"影山，我刚才跌倒了吗？"

影山把面朝其他方向的脸迅速转回来。

"您在说什么？大小姐刚刚下车而已。"

"是——是啊，我也是这么觉得。"

绅士们的体贴、丽子本身的运动体能，以及影山装糊涂的功力三位一体，完美掩饰了她的失态。影山回到驾驶座上，把车开到停车场。

落单的丽子一本正经地踩着慎重的脚步，穿过正面的自动门。

玻璃门往左右两边打开的瞬间，一阵嘈杂的笑声传进丽子耳中，声音的源头是跟丽子一样身穿华服的三位女性。丽子依序看了她们的脸后，不禁抱怨起自己命薄。

呜！完了，居然被这些家伙看到了！

指着丽子的脸捧腹大笑的三人，是丽子大学时代的损友。

不久后，下午一点——"港区酒店"引以为傲的最高级大型宴会厅"桔梗之间"内，不知目的为何的盛大派对开始了。丽子看到身穿红色短袍站上讲台的桐生院家的大当家桐生院吾郎，心想："啊，原来今天的派对是要庆祝绫华爸爸六十大寿啊。"她这才明白派对的主题。对丽子而言，所谓派对，就是个能让女性竭尽全力打扮后再出门的借口。所以管他庆生也好庆祝七五三节也好，还是庆祝某人获得推理小说大奖也罢，主题根本无所谓。

不久，无聊至极的仪式结束，派对进入自助餐时间。方才在大厅取笑丽子的三人，立刻围到她身边。

"大家好久没像这样子聚在一起了呢。自从四月以来，这还是第一次吧？"身穿酒红色礼服的女性爽朗地说。

这位手脚细长、留着一头长发的女性，名叫宫本夏希。她在一流企业的公司职员家庭中出生长大，是个家境尚可的普通女孩，拿手运动是网球。她此时似乎想起了刚才丽子跌倒的惨状。

"可是，丽子还是老样子呢，依然冒冒失失的……嘿嘿。"

"夏希姐，你又在笑她了。不过丽子姐摔倒的模样实在是太有趣了。"

身穿红粉双色渐变礼服的娇小女性笑了。她是森雏子，身为富裕牙医之女的她，比其他三人小一届，就像她们的妹妹，拿手运动是滑雪。她改用轻柔的声音问道：

"话说回来，丽子姐，你的脚没事吧？脚踝都弯成九十度了呢。"

"没事，而且也没到九十度啦。"我的脚踝可没那么灵活。

丽子带着一点都不痛的表情回答，不过，脚踝骨仿佛被人踹了一脚似的隐隐作痛。丽子自知可能会影响明天的工作，但现在她可不能喊痛。

自尊心不允许丽子在这个女人面前示弱。

丽子故作镇静地在心中暗自发誓时，眼前这个女人带着游刃有余的笑容开口说：

"呼呼呼，都是因为你爱耍帅，故意穿鞋跟那么高的鞋子，才会闹出那么大的洋相啊，丽子，以后你就穿运动鞋来吧——呼呼呼，运动鞋真是太适合你了！"

身穿大红色礼服的女性宛如好莱坞明星，手掩着嘴角哈哈大笑。

"呜呼呼呼，礼服配上运动鞋……呵呵呵，真是太滑稽了……呵呵呵……嘻嘻嘻，嘻——嘻——哦，糟糕，喘……喘不过气来了……"

"不——不好了！绫华姐好像没办法呼吸了！"雏子焦急地冲上前来。

"真是的，一般人哪里会笑到喘不过气来啊。"夏希露出傻眼的表情，抚拍着绫华的背部。

丽子冷言冷语地回话说："干脆让她笑死好了。"

这位喘不上气的女性名叫桐生院绫华，名字比宝生丽子稍微更像名门大小姐一点点的她，正是旧贵族桐生院家的千金，拿手运动是游泳。

顺带一提，这个桐生院家，是建设、机械、食品、通信，甚至影视、幽默推理文学等各行各业都有涉猎的复合企业——桐生院财团的本家。简单来说，就是家世跟宝生家不相上下的富豪人家。若是硬要说出两人的差异，顶多就只有"在国立市警署执勤"与"在家帮忙做家务"的不同吧。

如此相似的两人，从大学时代起就一直是"恶性竞争对手"，周遭的人私底下都说，这两人"感情简直就像亲姐妹一样坏"。

不知道是不是察觉到这种微妙的氛围，伫立一旁的影山悄声问丽子：

"大小姐，这么不和睦的气氛，到底是怎么一回事呢？"

"我们也没有不和睦，只是没那么客气而已啦——"

丽子为了消除影山的误会，重新介绍三位损友。丽子依序介绍过夏希、雏子、绫华后，概括了包含自己在内的四个人的关系。

"我们是大学时代的社团朋友，社团名称叫'四季运动同好会'。"

"四季运动同好会？"影山听了丽子所说的怪异名称，疑惑地歪着头，"那到底是个什么样的社团呢？"

四季运动同好会，那是时间、金钱，还有体力多到无处使的女孩子们，依季节不同挑选各种运动来玩的"超运动性"社团。也就是——

绫华说："夏天去湘南海边玩水上运动！"

夏希说："秋天去轻井泽的高原打网球！"

雏子说："冬天在越后汤泽滑雪！"

丽子说："春天在井之头公园赏花！"

四人齐声说："这就是四季运动同好会，人称'SSD'！"

她们过去曾重复过无数次的这段说明，几乎已经达到宴会表演水平了。

"这……赏花也是运动吗？这我还是第一次听说呢，"影山用手指推了推银框眼镜，"这个叫SSD的社团，只有这四位成员吗？"

"不，这个嘛，"丽子窥视了一下其他三人的表情，"其实还有一个叫木崎麻衣的女孩,不过她发生了些事情。"

"因为一些原因,她目前正在住院。"夏希郁闷地补充说。

"嗯,是因为手代木——"雏子正准备详细说明。

"雏子,不要多嘴!"绫华尖锐地打断雏子。

不知道是不是感受到飘在四人之间的微妙气氛,影山并没有追问,往后退了一步。

包含丽子在内的四个人沉默了一会儿后,便开始谈论起彼此的服装。

"话说回来,我们大家都穿着红色呢,"夏希环顾四人的礼服后开心地说,"好像清一色的红衣秘密战队喔。"

"虽然我有一半是粉红色,但还是红彤彤的呢,"雏子望向站在眼前的两位富豪千金,"可是丽子姐和绫华姐完全撞衫了。"

"真的呢。这么说起来,你们两个简直就是红色的'Wink'[①]嘛。"

"不准说我们撞衫!""谁是红色的'Wink'啊!"

根本就不一样吧,绫华与丽子互瞪着说。只不过,身穿大红礼服面对面的两人事实上根本就是一模一样,仿佛照镜子一般。夏希指着两人笑道:

"你们连胸前的宝石颜色都一样呢,该不会事先商量好了吧?"

丽子在开往派对的礼车中经过再三犹豫,最后选择的宝石是翡翠,如今翡翠在丽子大胆敞开的胸前绽放着绿色的光辉。而绫

---

① 日本双人女子偶像组合。

华的胸前有块大小几乎一样的翡翠。的确，两人的装扮就连细节都重复了。

"真——真要说的话，夏希和雏子也是吧，"绫华开始反击，"你们胸前的宝石不也重复了吗？两人戴的都是红宝石吧。嗯，雏子的不是红宝石吗？"

"请不要这样一直盯着人家的胸部看啦！"

雏子害羞似的按住胸部，祥和的笑声在她们中间蔓延开来。就在这时——

丽子的视线不经意地捕捉到一位女性。那位女性穿着样式别致的黑色礼服，浑身上下散发出一股沉稳的气质，用妖艳来形容恰到好处的侧脸，让人忍不住驻足凝视。跟丽子和绫华一样，她浑身散发着大小姐光环，正是将高级饭店拓展到全国的饭店大王——手代木幸作的女儿手代木瑞穗。正在举办派对的"港区酒店"也是手代木家经营的，大概是这个缘故吧，瑞穗和派对的主角桐生院吾郎正有说有笑。

顺带一提，丽子的SSD跟瑞穗关系匪浅。

除了在井之头公园赏花外，SSD办其他活动时，理所当然地会在度假胜地投宿。不过，她们选中的往往都是手代木家的旅馆。丽子她们大学时代的朋友之中，还有个名叫手代木和也的男性友人，他是饭店大王的侄子，很容易就能预约到房间。因为这层关系，手代木和也与手代木瑞穗两人，曾参加过好几次SSD的合宿（假运动之名的优雅度假）。丽子还记得，他们两人都很会打网球。

丽子正犹豫着该不该打招呼时，瑞穗似乎已经注意到了她们。

她结束了和桐生院吾郎的对话后,露出像是见到亲密好友般的笑容,朝丽子她们走过来。

"好久不见了,丽子。你们非常引人注目喔,派对里好像只有这里盛开着花朵。"

是红色的花吧,丽子原本打算这么说,但一旁的绫华却抢先开口:

"那当然啊。毕竟爸爸是派对的主角,身为女儿,自然也得帮忙增色一番,"绫华用指尖揪着宽大的裙摆,优雅地转了一圈,"不过真可惜呢,这个派对上好像没有什么帅气的年轻男性。"

"唉,毕竟是庆祝六十大寿嘛,老头子多了点也是没办法的事情啊。"丽子不满地低声说。

"哎呀,这对丽子来说不是正好吗?"

绫华挖苦地这么一说,丽子马上朝绫华逼近到额头互贴的距离。

"什么嘛,你这话是什么意思啊!""我可没说你喜欢老头子哟!""你不是正在说吗!""真的就是这样啊!""住口,你这个——""什么,你这个——"

瑞穗微笑着看着两人争论。"你们两个还是一样要好呢。"

"看起来像吗?其实这两人感情很差呢。"夏希更正说。

"话说回来,我有件事想问问绫华,"然后瑞穗压低声音,"听说今天这场派对不光是庆祝六十大寿,好像还有什么重要的事情要宣布。刚才令尊是这么说的,只是他并没有告诉我详情。"

"咦,是这样吗?"绫华停止和丽子争执,看向瑞穗,"什么重要的事情啊？我可没听说过。"

"啊，关于这件事，我也听人家说过了，"雏子举起手来，"不过详细情况好像没有人知道。到底会是什么事情呢？"

"该不会是桐生院家的千金要宣布订婚之类的——"瑞穗开玩笑地说。

"咦——真的吗，绫华姐？"雏子马上当真，追问起来。

"假的——假的啦！这种事情绝对不可能。"绫华面红耳赤地使劲摇头。

丽子看到绫华这副模样，不怀好意地笑着点了点头。

"的确，如果是这种大新闻，绫华不可能默不作声的。"

"这倒也是，绫华肯定会扬扬得意地主动说出来呢。"

夏希开心地拍了拍手，围成一圈的五位女性同时爆出笑声。大家不再深究下去，谁也不知道有什么重大事情宣布。瑞穗举起一只手挥了挥："那么下次见面，再来我家玩吧，我随时欢迎。"

瑞穗离开了丽子这圈人。

借着话题暂时中断的机会，绫华和雏子说："我们去拿料理。"接着便走向摆放料理的桌子。然后夏希轻轻戳了戳丽子的肩膀。

"哎，你看，跟瑞穗在一起的人是和也吧？"

丽子朝夏希所指的方向望去，告别了丽子她们的瑞穗，现在正跟一个丽子熟悉的人站在一起。那是她们大学时代的友人，手代木和也。他似乎也参加了这场派对。

手代木瑞穗与手代木和也，身为堂姐弟的两人，感情好得宛如亲姐弟，正亲密地交谈着。

2

桐生院吾郎在派对渐入佳境的时刻宣布了"重大事项"。

桐生院家的大当家站在讲台上，不疾不徐地取出一个长方形物体，是个DVD盒子。众人屏气凝神地观望着，桐生院吾郎开始宣布：

"各位引颈期盼的重大事项就是这个——不过并不是DVD喔，请各位仔细看清楚即将发生的事情。看，把这里像这样……"

桐生院吾郎抓住盒子一角，做了个轻拉的动作，于是包覆DVD盒子的透明塑料膜不一会儿便漂亮地剥落了。

"这是即将发售的划时代新商品——'DVD特殊胶膜'。各位在购买DVD时必定会遭遇到这种情况：'好想赶快看DVD，可是透明塑封却怎么样也无法顺利撕下来。'有了这个发明，人们就能从剥除塑封的焦躁感之中解放出来了。各位，如何啊？"

一瞬间，会场内的空气完全凝滞了，不久，零星的鼓掌声响起，掌声就像涟漪一般扩散到整个会场，转眼间就变成震天响的热烈喝彩。

"告诉我，影山，"丽子问身旁的管家，"那真的是划时代的新产品吗？"

"是的，无疑是划时代的商品。苦难终于在今日宣告终结。"

影山说完，也不吝惜地对着讲台鼓掌。丽子却实在难以理解这个"重大事项"。

派对进行一个半小时多以后就快散场了，丽子和SSD的伙伴们聚集在会场外的走廊上，话题自然而然地集中在那个不着边际的"重大事项"上。"真扫兴""无聊透顶""莫名其妙"，在一片严厉的批判声中，只有桐生院绫华一个人袒护亲人，说"真不愧是爸爸"。

"什么叫'真不愧是爸爸'啊？"丽子噘起嘴来，"其实你根本就满心期待宣布订婚嘛。"

"哎呀，什么期待，那是开玩笑的啦，"绫华像是看透丽子心思似的说道，"你提心吊胆，害怕被我抢先吧？"

你说谁害怕啊！两人又照例互相差点额头贴额头，就在这时候——

"啊，你们看到瑞穗姐了吗？我找不到她呢。"

手代木和也加入丽子她们谈天的圈子。和也称堂姐瑞穗为"瑞穗姐"，这是因为他们两人形同亲姐弟。

"瑞穗姐……"雏子疑惑地歪着头。

"没看到呢。"丽子与绫华异口同声地说。

"不是一直跟和也在一起吗？"夏希反问他。

"嗯，直到刚才为止，我们都还一直在一起——呜哇！"

两位身穿制服的警卫，挤开正在回答问题的和也，气势汹汹地冲过去。惊慌失措的警卫一跑到电梯前，便露出焦躁的表情等候电梯抵达。丽子察觉气氛非比寻常，基于职业本能，关心地询问警卫：

"怎么了？发生什么事情了吗？"

不过警卫却紧盯着楼层显示灯，冷淡地说："跟客人没有关系。"

那就没办法了。虽然有些为时过早，但丽子决定使出绝招。

"影山，把那个亮出来。"

"是。"影山迅速将右手滑进西装胸前的口袋。

转眼间，他的右手已经握着警察证。影山把它当成副将军的印鉴盒般高高举起，原本冷淡的警卫，态度顿时一变。

"警察！这下正好！"警卫们抓住影山握着识别证的手，把他拖进刚刚抵达的电梯内，"请跟我们一起上去。"

他们似乎把影山误认为警官了。管家还在发愣时，已经置身电梯内了。

"等等！我才是警官！"丽子抗议着走进电梯。

"我们也要去！"绫华、夏希、雏子，还有手代木和也紧跟在后，根本就是趁乱混了进去。

电梯门随即关上，开始上升。警卫们的目的地是房顶。

其中一位警卫对影山解释现况：

"我们接获通知，有女性头部受伤倒在屋顶，通知我们的是个年轻男性。这或许是一起伤害事件。"

"听——我——说，"丽子跺响鞋跟，"他不是警官，我才是！"

丽子从影山手中抢回识别证。"我是国立市警署宝生丽子！看，上面不是贴了张美女刑警的照片吗？"然后丽子将识别证举到警卫们面前。就在警卫们终于明白眼前这一身礼服的大小姐才是货真价实的警官时,电梯抵达顶层。

大楼屋顶一般就是水塔与晾衣台。虽然丽子自以为是地这么想,但港区酒店新馆的屋顶却大不相同。这里是个绿意盎然、让人无法联想到大楼屋顶和港区的独特空间,也就是所谓的空中花园。花圃里种满秋季花卉,各式灌木被修剪成英伦田园风格。花园一角有个温室,一小群人聚集在温室入口附近。

两位警卫与丽子同时拔腿跑起来。SSD的三人及影山、手代木和也尾随在后。丽子他们拨开人墙,来到温室入口。温室内台阶状的架子上装饰着大量盆栽,一位身穿黑色礼服的年轻女性倒卧在架子中间的通道上。旁边一个身着西装的年轻男性,正一脸担心地注视着她的脸。丽子没见过那位男性,但一眼认出那位身穿黑色礼服的女性。

"瑞穗!"丽子大叫着飞奔进温室里。

警卫们也跟上去,SSD其他成员发出近似悲鸣的叫声。

雏子说:"不会吧!是瑞穗姐吗?"

夏希说:"真的是瑞穗!"

绫华说:"瑞穗死了!"

喂,是哪个家伙说了那么不吉利的话啊!

友人轻率的判断让丽子蹙起眉头,她开始确认瑞穗头部的伤势。伤口在前额,靠近左边太阳穴。幸好伤口很浅,出血量也不多,不过既然是头部受伤,必须多加留意。丽子果断地下令:

"快叫救护车,还有警察。"

"我已经叫了,"身着西装的年轻男子回答,"手代木小姐没事吧？"

"手代木小姐？"警卫对这个名字很敏感，"您说这位女性是手代木小姐吗——"

"是啊，她是手代木瑞穗，手代木幸作的女儿。"

两位警卫听到丽子的话，立刻脸色惨白。

"她说手代木！""是这里的老板！""不好了！""快救她！""不救她不行啊！"

你们那种看人做事的态度是怎么一回事啊？丽子一时傻眼，接着转头面向身旁的年轻男性："话说回来，你是谁呢？"

"我叫真山信二，是手代木小姐的，那个——朋友。"

那个——从他这一瞬间的犹豫，就可以推测出他和手代木瑞穗不只是朋友，他们肯定是情侣关系。丽子虽然并不知道瑞穗有对象，但瑞穗拥有那样的美貌，有一两个男朋友或是三四个情人，也没什么好惊讶的。

"宝生！"丽子背后传来呼唤声。丽子回头一看，只见手代木和也站在温室入口处，担心地朝这边窥探。"瑞穗姐没事吧？"

"嗯嗯，没事了，手代木，别担心。不说这个了，你们几个！"丽子像是现在才想起来似的，对已经踏进现场的SSD三位成员提出警告，"现在马上离开温室。要是不服从命令，我会以妨碍公务的罪名逮捕你们喔。"

夏希说："天底下哪有人会说要逮捕朋友的。"

雏子说："我们只是担心瑞穗姐啊。"

绫华说："国立市的警官少在港区强出风头了。"

丽子把三人的话当耳边风，对身旁的管家下令：

"影山，没关系，把她们轰出去！"

"遵命，"影山行礼遵命，却无法动粗，"请各位照大小姐说的话做吧。"于是他客气地低下头，把几个女孩赶出温室。

丽子稍微恢复从容，环顾起温室。距离倒卧地上的瑞穗约两米的通道上，躺着一个空空如也的花盆。丽子觉得不对劲，便把脸凑近一看。不出她所料，花盆上沾附着些许疑似血迹的液体。手代木瑞穗是被花盆打到头部的吗？

这时，不知道是不是警卫们拼命照料产生了效果，失去意识的瑞穗嗯地呻吟一声之后，睁开了眼睛。

"啊，好像醒过来了呢，真是太好了。"丽子松了口气。

"手代木小姐！"真山信二大叫，"发生什么事了？是谁干的？"

瑞穗以嘶哑的微弱声音回答男友：

"我被一个年轻女性攻击了……用我没见过的奇怪物体……"

瑞穗，你误会了喔，你只是没机会看清楚花盆，才会这么认为。

丽子在心中这么低喃，但什么也没说，仔细倾听瑞穗说的每一句话。

"我看到她的脸了……我不认识她……"

"你说有个你不认识的女性攻击你！真是太过分了！"真山被气得声色俱厉了起来。

"是啊……可是，我好像在哪里见过那个女人的脸……她穿着红色礼服……是一件开襟礼服……胸口有颗闪闪发光的漂亮宝石……是颗很大的绿宝石……对了，就像你今天的打扮……"

瑞穗伸手指向丽子。丽子穿着开襟礼服，胸口点缀着一颗翡翠。

神秘的绿色石头沐浴在秋天的阳光下，绽放出灿烂的光芒。

3

不久，港区酒店周边响起救护车与警车的笛声。急救人员赶到新馆屋顶，迅速将受伤的手代木瑞穗移至担架上，眨眼间便从现场消失了。紧接着，由当地警察主导的调查正式展开。

负责指挥现场的，是个似乎很认真踏实的中年男性警部，名叫三浦。

警部发现站在现场的丽子，顿时露出诧异的表情，然后，他像是探索记忆似的盘起手臂，歪着头低声沉吟："呃——你……我记得是……那个谁……嗯，"三浦警部反复苦思后，还是放弃了，"算了，总之，老百姓会妨碍调查，快点走开。"

"别放弃啊，三浦警部！"丽子求救似的叫道，"是我，国立市警署的宝生，在白金台事件中被你当成凶手的宝生丽子啊。"

"啊啊，是你啊。哎呀，我当然记得很清楚喽！"

"你肯定忘得一干二净了。"丽子低声念叨，叹了口气。

"没想到居然会再度见到你，我们还真有缘啊，宝生。不过，你该不会也是这次事件的第一发现者吧？"

"很可惜，这次我是第二发现者，"丽子指向站在一旁的青年，

"这边这位真山信二先生似乎是第一发现者，打110报警的也是他。不过我还没问明白详细情况。"

三浦警部听完丽子的话，转向真山信二。警部一脸正色要求他说明从发现伤者到打110报警为止的详细经过。

真山毫不畏怯地注视着警部的眼睛，滔滔不绝地开始说明：

"我和手代木瑞穗小姐是同事。我还没有对任何人说过，但我们两人正在交往，今天的派对是她邀请我参加的。不过，在派对上，我因为太在意旁人的眼光，始终找不到机会和她交谈，她好像一直在跟堂弟和也聊天，于是我把她叫到屋顶。因为我知道饭店屋顶上有空中花园，是个没什么人会来的好地方。是的，我是用手机短信叫她出来的，时间大概是下午两点半左右。她马上就回信了：'我马上就去屋顶。'回信内容就像这样。所以，她在回信之后，应该马上就能抵达屋顶。"

"你没有立刻到屋顶上吗？"

"我当然也是这么打算的，可是运气不好，被公司的上司逮到，根本无法从会场脱身……我想大概拖延了十分钟吧。我好不容易找出空当，连忙赶到屋顶上。我们约定的地点是空中花园的温室旁，我到了这里一看，没有任何人在。我心想她会不会生气回去了，同时不经意地朝温室里望去，结果发现瑞穗小姐倒在通道正中央。我大声惨叫，马上冲到她身边，仔细一看，发现她头部流血，失去了意识。我慌慌张张地用手机叫救护车，又报了警。无论如何，我都不觉得这只是意外事故。"

顺带一提，用温室内墙上的电话通知警卫室的，也是真山本人。

总之，状况已经相当明了了。

在男友约会迟到的短短十分钟内，手代木瑞穗遭到某人袭击。凶器是倒在被害人身旁的花盆，凶手恐怕是临时起意，拿起温室内手边的东西作为凶器。

问题在于到底是谁，又是基于什么原因，才会下手行凶。

可以成为线索的还是被害者本人瑞穗所说的话。丽子把瑞穗断断续续描述的内容如实转告给三浦警部，警部似乎对这些话兴趣浓厚。

"凶手是'我不认识的女人'——被害人是这么说的吧？嗯，这就怪了，高级饭店的空中花园里，不可能会发生偶然伤害事件啊。"

"是啊，我认为不太可能是偶然行凶。而且，虽然瑞穗说凶手是'不认识的女人'，另一方面却也表示'好像曾经在哪里见过那女人的脸'。"

"这就矛盾了。到底是什么情况？是不认识的女人，还是认识的女人？"

"解开矛盾的关键或许是派对吧？"

丽子发表自己的观点："派对上有很多客人，其中大半都是'不认识的人'。可是，派对举行期间，所有人一直待在一个空间里，互相不认识的人，也必然会碰上好几次面。瑞穗所谓'不认识的女人'，却又'好像曾经在哪里见过那女人的脸'，会不会是指参加桐生院吾郎六十大寿派对的人呢？"

"原来如此。被害人说凶手'身穿红色礼服',这段描述表明凶手是派对上的客人,而且礼服敞开的胸口处还挂着一颗闪闪发光的'很大的绿色宝石'——"

三浦警部斜眼看了装饰在丽子胸前的翡翠坠子,随即对几位部下做出指示:

"凶手是年轻女性,身穿红色系礼服,开襟的胸口处戴着绿色宝石。从还没走的派对来宾中,找出符合条件的人——不,等等。"

三浦警部对已经下达的命令又做出些许修正:

"不必拘泥于绿色宝石这项条件,宝石的事情不要告诉任何人。把穿着红色开襟礼服的年轻女性全都聚集起来,快点。"

4

片刻后,矗立在港区酒店旁、人称旧馆的古色古香的五层楼建筑内。

包含丽子在内的四位SSD成员、手代木和也,以及真山信二,这些事件关系人被要求留在这栋旧馆一角的小厅内等候命令。至于影山,与其说是事件的关系人,倒不如说是丽子的关系人,理所当然留在她身旁。

小厅像是一座多功能会馆,是个颇有历史的地方。天花板上垂吊着的古董吊灯,以及设置在墙上的白炽灯间接照明,酝酿出一股肃穆的气氛。柔和的秋日阳光从窗外照射进来。

在丽子他们等待的这段时间内,筛选派对来宾的工作似乎正按照三浦警部的指示进行。符合条件的人全都被视为嫌犯，被带领到丽子他们所在的小厅。结果，七位身穿红色礼服的年轻女性齐聚一堂。这七人分别是桐生院绫华、宫本夏希、森雏子，以及宝生丽子——也就是四位SSD成员，另外还有丽子不认识的三名女性也被过滤出来了。小厅内仿佛正在举行红色礼服品评会，场面华丽。

接着，三浦警部就像主角登场那样出现在小厅内。丽子以外的SSD成员立刻一股脑地对警部宣泄心中的不满。

"为什么我们要被当成嫌犯对待呢？"夏希说。

"就是说嘛，我们都是瑞穗姐的朋友呢。"

雏子也生气地鼓起双颊。

桐生院绫华气愤难平地瞪着警部。

"您明知我是桐生院家的女儿，却还把我当成嫌犯看待，真是好大的胆量啊。唉，算了。话说回来，刑警先生，方便请教一个问题吗？看来嫌犯似乎是身穿红色洋装的女性，不过，派对宾客中不是有很多人这么穿吗？"

"不是这样的，"三浦警部客气地解释说，"六十大寿派对来宾年龄层较高，而且男性占压倒性多数。虽然来宾中也有年轻女性，但大半都穿着配色稳重的服饰。像红色开襟礼服这种太过招摇的服装，只有在场的七位穿而已。"

"什么叫太过招摇啊！"绫华不能把刚听见的这番话当作耳边风，叉着腰提出强烈抗议，"我一点都不招摇，这种打扮对我来说只是居家服。"

"你是开玩笑的吧!""不可能!""你家每天都在开派对吗?"

夏希、雏子、丽子三人毫不留情地不约而同狠狠奚落绫华。

三浦警部无视SSD的喧闹,将目光转向另外三位嫌犯。

一位是身材苗条、很适合短发的女性,年龄二十出头。另一位是体形丰盈的长发女性,年龄三十多岁。

不过就丽子所见,这两位女性并没有吸引三浦警部的注意,因为挂在她们胸前的宝石不对,一个是紫水晶坠饰,另一个是珍珠项链,都跟绿色相去甚远。

当然,理论上凶手的确有可能在犯案后换上其他宝石坠子,但实际上却很难办到。因为瑞穗看到绿色宝石的这一点,只有三浦警部和丽子等少数人知道,既然如此,凶手应该不会想到通过更换宝石以摆脱嫌疑。再说,凶手也不可能事先就准备好第二条宝石坠子。所以,这两人大体可以被排除在嫌犯之外。

然而,三浦警部在目光移向第三位女性时,表情顿时一变。

这名女性穿着的礼服胸口大胆地开了个V字,颜色是趋近紫色的红,时下流行的纵向长卷发染成亮褐色。这是个气质妖艳、带点特种行业气质的女性。在她的胸前绽放光辉的是块绿色宝石:翡翠坠饰。

警部以公事公办的口吻询问她的姓名与职业,她用沙哑的嗓音回答道:

"永濑千秋。我在品川车站附近的酒吧'步阿路'工作。"

"你认识被害人手代木瑞穗小姐吗?"

"说到手代木,这家饭店的老板也姓手代木吧。他来过我们店里，可是我不认识什么瑞穗。咦，是他女儿吗？喔——这样啊。"

永濑千秋不知为何在用装傻充愣的态度回答。三浦警部平静地问：

"你是如何受邀参加桐生院吾郎的派对的？"

"是吾郎哥亲自邀请我的。吾郎哥是我们店里的常客喔。"

"哎！不要随便用'哥'称呼人家的爸爸啦！"

绫华面露怒容，活像桐生院家的荣耀被玷污了一般。

"好了好了，这种称呼在特种行业不是很常见吗？"丽子连忙插进两人之间，安抚绫华。

三浦警部若无其事地点点头说："原来如此，原来如此。"然后他目光锐利地看向该名女性的胸口。"话说回来，你胸前的宝石真是漂亮啊。那是翡翠吗？"

"嗯，这个吗？当然，这是货真价实的翡翠喔。有什么问题吗？"

三浦警部被这么一问，知道关键时刻终于到了，于是直截了当地对她亮出之前一直隐藏起来的王牌。

"其实呢，我们已经查出，袭击被害人的凶手是位身穿红色开襟礼服的年轻女性，胸前还戴着一颗绿色宝石。你知道这代表什么意思吧？"

永濑千秋听完警部所说的话，立刻确认起自己礼服的颜色，接着目光落向敞开的胸口，注视着在那里闪闪发光的翡翠。然后她的视线游移在其他六位女性胸前。她稍微放心似的叹了口气，再度反驳三浦警部。

"原来是这样啊。的确,我的装扮似乎跟刑警先生描述的疑犯特征一致。既然如此,那边那两个人应该也一样吧?您看她们,简直就像在胸前戴了同一副翡翠坠饰的红色'Wink'嘛!"

"居然连你也这么说!""不要这样类比!"

绫华和丽子之所以高声怒吼,并不是因为被人当成嫌犯感到不满,而是对被人当成"Wink"感到不快。"好了好了,你们冷静一点。"三浦警部安抚了暴跳如雷的美女们后,便重新面向永濑千秋。

"她们在外表上确实也符合条件。不过,这位宝生丽子是国立市警署的现任刑警,而这位桐生院绫华小姐则是桐生院吾郎的女儿。"

"那又怎么样?刑警和千金小姐就不会犯罪吗?"

"嗯,你说得没错,"三浦警部心不甘情不愿地点点头后,又对她亮出手中的另一张王牌,"其实,被害人手代木瑞穗小姐在遇袭前一刻,看见了凶手的脸。被害人说疑犯是她不认识的女性。可是,这两人跟手代木瑞穗小姐从学生时代开始就有很深厚的交情。不,不光是这两人,那四人都是自学生时代起,就跟手代木瑞穗小姐有所往来的社团伙伴。也就是说,这四个人都不在嫌犯之列。另外——"

三浦警部指向站在墙边的夏希与雏子:"那边那两个人都戴着红色宝石,从这点也可以排除她们的嫌疑。"

"怎……怎么会……"

"不管怎样,手代木瑞穗小姐不可能把纯白的珍珠和紫水晶看成是绿色的。因此，这两位女性也不是凶手。所以说——"

三浦警部像是吓唬对方似的，把食指伸向她面前。

"符合凶手条件的人物只有永濑千秋小姐你一个人而已——"

警部急着想要说出结论，不过有个男人大声打断了他。

"请等一下！"

众人的视线朝着声音传来的方向集中，是手代木和也。他先望向永濑千秋："事到如今，我们就别再隐瞒了！"他说了这番令大家摸不着头脑的话后，走向三浦警部，道出所有人都意想不到的一件事。

"虽然我还没告诉父亲，不过，既然事情演变成这样，我就明说了吧。那边那位永濑千秋小姐，是我的恋人，我正在跟她交往。这件事情瑞穗姐也知道，几天前我和永濑小姐跟瑞穗姐一起吃过饭。刑警先生，您明白这代表什么意思吧？"

"你——你说什么！"警部听了手代木和也出乎意料的告白，瞪大眼睛喃喃说，"手代木瑞穗认识永濑千秋……那……那么瑞穗说的'不认识的女人'就不是永濑千秋了……"

"是的，正是如此。她并不是凶手。"

手代木和也用力点了点头，拯救了恋人。永濑千秋摆脱嫌疑后大概松了口气吧，她不再忌讳旁人的目光，抱住手代木和也。真是美好的景象。

然而，SSD成员们却用宛如寒冰的目光看着恩爱的两人。

不知不觉时间已经过了下午四点半。这个季节特有的耀眼夕阳照进嫌犯们聚集的小厅。

三浦警部一直默默无言地坐在钢管椅上。永濑千秋的嫌疑被推翻，大概让他颇受打击吧，警部身体右半边沐浴在斜阳之中，连动都没动过一下。

森雏子不知道是不是担心三浦警部，之前一直伫立在墙边，此时却独自走向窗边，放下一扇又一扇百叶窗。影山见状，大概是受自己职业意识驱使吧，就主动来到窗边帮雏子放下百叶窗。雏子说了一句"谢谢你"，便将后续的工作交给管家，回到墙边。影山把剩下的百叶窗全都放下来后，房内总算恢复了柔和的亮度。

影山仿佛觉得调查结束了。

"那个，警部先生，"影山向三浦警部提出请求，"我想去小解一下，方便给我一些时间吗？"

三浦警部一瞬间很紧张，还以为影山会提出什么重大的要求，过了一会儿才好不容易理解了状况。"什么，要上厕所啊。没关系，去吧。"

影山感激不尽，深深地行了一礼后，带着平静的表情开门走出房间。

不过丽子却直觉不对劲。那个影山居然要在众目睽睽之下去厕所？这不可能，一定有什么问题。丽子连忙向三浦警部提出要求。

"那个，警部——"

"没关系，去吧。出了走廊左转，走到底再右转。"

不，谁说要去上厕所了——丽子虽然感到气愤，但转念一想，这样倒也正好，便决定顺势利用警部的误解。"那就不好意思了。"

于是丽子非常自然地走出房间，一带上门，立刻往走廊左右两侧张望，寻找影山的身影。丽子背后突然响起影山的声音。

"大小姐，您在找什么呢？"

丽子像乌龟一样缩起脖子转过身来，神出鬼没的管家在走廊的弧形转角处现出修长的身影。"要去厕所的话，出了走廊左转，走到底再右转。"

"笨蛋，不是啦！"丽子跑到影山身边，伸手指着他的胸膛，"我有话要跟你说。"

"哎呀，是这样啊？"影山用装傻的语气说着，迅速推了推银框眼镜，"其实我也有些问题想要请教大小姐——请往这边走。"

影山领着丽子来到走廊尽头，打开铁门，后面有架室外逃生梯，那里最适合用来讲悄悄话了。丽子立刻问影山：

"影山，你怎么看这次的事件呢？你知道什么对吧？平常这时候你应该已经口无遮拦地说什么'连这种事情都不明白吗？这个笨女人'了吧。"

"您这是偏见，大小姐，我不至于说出那么放肆的话。"

的确，丽子也不记得曾被骂作"笨女人"。这会是所谓的被害妄想症吗？

"可是，你应该察觉到什么了，不是吗？"

"是，我确实多少明白了一些事情，但现阶段还不能说出来。话说回来，大小姐，可以请教您一个问题吗？"

影山从眼镜后面机敏地看着丽子："SSD 的第五位成员——

我记得名字是木崎麻衣小姐——听说她正在住院，原因好像跟手代木和也先生有关。事实上，SSD成员看他时目光似乎相当苛刻，木崎麻衣小姐跟手代木和也先生之间到底发生过什么事情？"

丽子不禁支支吾吾起来。"跟这次事件有关吗？"

"恐怕是的。"影山半是断定地说。丽子下定了决心。

"我知道了，那我就说了吧，其实也不是什么稀奇的事情，麻衣住院是因为自杀未遂。她从自家公寓的阳台跳楼了，幸好坠落在花圃上，柔软的土壤形成缓冲，救了她一命，不过她还是身受重伤。"

"嗯。那么，木崎麻衣小姐意图自杀是因为手代木和也先生吧。"

"没错。手代木跟我们是大学校友，这段关系在毕业后也一直维持着。大家都进入社会了，实在是找不到机会一起打网球，不过每年春天的赏花他还会参加。麻衣和手代木感情特别好，两人后来交往了，我想应该持续了两年左右吧。可是就在两个月前，两人分手了。原因是手代木有了新恋人……"

"就是永濑千秋，那个在酒吧工作的妖艳美女吧？"

"我也是刚刚才知道，虽然听过传闻了。手代木品位真差呢。"

"原来如此。被手代木先生甩了之后，麻衣小姐哀痛至极，企图自杀。SSD成员之所以对手代木先生冷漠，就是因为这个缘故吧？"

"唉，就是这么一回事，因为麻衣太可怜了嘛。"

"原来如此。那么大小姐，最后再请教您一个问题：遇袭的瑞穗小姐，也曾和堂弟和也先生一同参加过春天的赏花吗？"

影山以这个问题收尾还真是出人意料，丽子不禁蹙起眉头。

"啊？你问这个做什么？不，瑞穗没有参加过赏花。瑞穗虽然是朋友，但和我们念的不是同一所大学，况且年纪也比我们大一些。"

"和我的猜测大体一致，"影山开心地用力点点头，"嗯，这样我就大概知道袭击瑞穗小姐的凶手的真实身份与目的了。"

"咦，你真的知道了吗？那你赶快详细解释给我听啊。"

"详细解释完天可能已经黑了。"

"案情有那么复杂吗？"

"不，其实还有个办法，可以在一瞬间解决案件，您意下如何呢？"

"什么意下如何，当然是越快解决越好啊。可是，案件真的可以瞬间解决吗？"

"应该没问题，"影山自信满满地重新看向丽子，严肃地说，"只不过必须仰赖大小姐的帮忙。"

"帮——帮什么忙啊——好啊，尽管说吧。"

于是影山在丽子面前深深低下头，提出出乎丽子意料的请求。

"我想请大小姐再一次在大家面前表演那个。"

"那个？那个是什么啊？"丽子傻愣愣地等待他继续说下去。

影山随即说出了令丽子意想不到的话，丽子不禁怀疑起自己的耳朵——

5

几分钟后，丽子独自一人站在相关人等聚集的小厅门前。她宛如第一次踏上舞台的新演员一般，长长地吁了口气，然后慢慢将手靠上门把手，推开门。她一脚踏进室内的瞬间，桐生院绫华如她所料，抛来挖苦的讪笑。

"丽子，你到底是上哪儿找厕所去了？难不成是在走廊上遇难了吗？"

"嗯，走廊上刮起暴风雪，害我迷路了。"

丽子一边鬼扯一边斜眼确认影山的位置。她忠实的仆人正若无其事地站在窗边，几乎完全抹消了自身的存在感。丽子也装出无视影山的样子，径直朝房间中央走去。然后——

"啊呀！"

丽子毫无预兆地绊到脚，摔了一跤。下一个瞬间，丽子就像是个被人击出逆转再见全垒打的败战投手似的四肢着地。名门千金不该这样失态，而且这是今天的第二次。SSD其他成员目睹丽子宛如回放数小时前的光景一般再度跌倒，一开始不禁愕然。小厅内沉默瞬间后，响起讥讽的笑声，是绫华的声音。

"呵呵呵，丽子，怎么啦？一天居然跌倒两次，我看脚要骨折了吧。"

"别说了，绫华，"夏希大概是顾虑到眼前的情况吧，出声斥责绫华，"丽子，不要紧吧？"

"丽子姐，你没事吧？"雏子也惊慌地大叫着赶到丽子身边。

她们虽说是损友，但毕竟是从学生时代以来的老交情。三位朋友一脸担心地聚集到按着脚踝蹲在地上的丽子周围，弯腰查看丽子的状况，就在这个时候——

伫立在窗边的影山用力拉扯垂落的细绳，其中一扇放下来的百叶窗瞬间被拉了起来。刹那间，小厅内充满刺眼的光芒。

丽子飞快地抬起头来定睛注视前方，绫华、夏希、雏子三人胸前熠熠生辉的宝石就在丽子眼前。被斜射进来的夕阳一照，绫华的翡翠绽放出更加耀眼的绿色光彩，夏希的红宝石也更红艳了。

丽子将目光转向雏子胸口的瞬间——

她差点大叫出声。

原本挂在雏子胸前的红宝石已经不在了，如今在她胸口的是散发绿色光辉的翡翠——不，不应该是这样，雏子的项链坠子根本就不是红宝石或翡翠。丽子把手伸向雏子的坠饰，用指尖抓起绿色宝石。雏子僵硬的表情令人同情。

"对不起，我骗了你，雏子。"

丽子在阳光中再次端详起雏子的宝石，果然没错。

"亚历山大变石——在白炽灯下呈现红色，在阳光下则会透出绿光的变旋光性宝石。可是，能够变色如此彻底的变石还真少见呢。没错吧，影山？"

"您说得是，大小姐。"管家钦佩地鞠躬行礼。

"雏子！"丽子盯着学妹的眼睛厉声问道，"你为什么要隐瞒呢？"

森雏子浑身直打哆嗦，总算死了心，坐倒在地，放声大哭。

"对不起，对不起……"她的嘴里不断冒出忏悔的话语，那正是自白。丽子紧紧抱住雏子，绫华与夏希丈二和尚摸不着头脑，面面相觑。三浦警部匆忙跑到雏子身旁。

正如影山所言，事情在一瞬间结束了。他像是什么事也没发生过似的再度放下百叶窗。

西斜的太阳被挡住后，雏子的宝石又变成血一般的红色。

不久，秋天的夕阳完全隐没在大楼之间。

三浦警部带着森雏子离开现场。桐生院绫华与宫本夏希似乎无法理解究竟发生了什么事情，一直要求丽子解释，丽子强硬地说道：

"虽然我全都明白了，但基于现任刑警的立场，哪怕对最好的朋友，我现在也还是什么都不能说。"

其实丽子自己也不太明白。

丽子好不容易能够亲耳听到影山述说详情，是在乘坐礼车返回国立市之时。

影山在驾驶座握着方向盘，开始娓娓道来：

"大小姐可能觉得很不可思议，为什么森雏子是真凶呢？袭击手代木瑞穗的凶手应该是瑞穗'不认识的女人'，但是森雏子和手代木瑞穗不是从学生时代以来的老交情了吗——您是这么想的，对吧？"

"嗯，是啊，这两个人是朋友。为什么瑞穗会说什么凶手是她'不认识的女人'呢？难不成是为了包庇雏子故意说谎？又或者只是单纯看错了？"

"不，瑞穗小姐既没有说谎，也没有看错。事实上，瑞穗小姐并不认得雏子小姐。"

"啊？"丽子不由得傻住了，"瑞穗跟雏子从很久以前就是朋友喔，在今天的派对上两人也聊得很热络。影山，你眼睛是瞎了才没看到吗？"

驾驶座上的管家听到丽子用瞧不起人的口吻这么说，仍旧未改语调。

"恕在下斗胆，大小姐才是，您把眼珠摆到哪里去了呢？"

他一如往常地以谦卑有礼的语气口出狂言。丽子一恍神，从后座上摔下来，臀部重击在轿车坚硬的地板上。

"大小姐，这样太危险了，请您务必系上安全带……"

"就是你害我遇到危险的！"后座的丽子猛然站起身子，这回却一头撞上车顶，"好痛——你到底想说什么？我的眼珠，你看，两颗都好好地长在脸上喔。你以为我眼睛长在背上吗？"

"不，我并没有这么说，"影山困窘地耸了耸肩，"不过，大小姐的眼睛并没有看到真相，这是事实。"

"这话是什么意思啊？"

"就我所见，雏子小姐与瑞穗小姐连一次都没有交谈过。"

"不要这样喔，你在旁边应该也听到了啊。瑞穗加入我们的小圈子后，大家聊那个'重大事项'聊得很起劲，没这回事吗？当时瑞穗和雏子确实交谈了啊——"

"真的是这样吗？瑞穗小姐确实和大小姐交谈过。'好久不见了，丽子。'瑞穗小姐这么说着，加入各位的谈话之中。然后她说:'我有件事想问问绫华。'随即她对绫华小姐提起重大事项的传言。不过,瑞穗小姐始终未提及夏希小姐与雏子小姐的名字,不是吗?"

"瑞——瑞穗或许没提到两个人的名字吧……可是应该讲过话才对……"

"不,当时瑞穗小姐多半是在跟绫华小姐交谈。她很开心地打趣说:'该不会是宣布订婚吧?'当时雏子小姐在两人身旁,兴致盎然地听她们的对话,并且对绫华小姐说'那个传闻我也听说了'以及'绫华姐,真的吗?',等等。这些话绝不是对瑞穗小姐说的。当时瑞穗小姐和绫华小姐相谈甚欢,雏子小姐也向绫华小姐攀谈。可是就我印象所及,瑞穗小姐与雏子小姐连一句话都没有交谈过。这是为什么呢?"

"为什么——"

"恐怕是因为,两个人都不太清楚对方是谁。"

丽子听了影山所说的话,差点再度从后座上滑下来。

"你说什么不清楚啊!开玩笑,那两个人应该对彼此很熟啊!"

"就是这种成见遮蔽了大小姐的双眼。大小姐身为SSD成员,与雏子小姐交往密切,每年春天都会相约一起赏花。同时,大小姐是宝生家的千金,经常有机会在派对等场合见到手代木家的千金瑞穗小姐。大小姐很清楚雏子小姐与瑞穗小姐都是您学生时代的朋友,曾一同快乐地享受运动乐趣。于是,大小姐产生了一个成见,那就是你熟知的森雏子,以及你熟知的手代木瑞穗,这两人当然也对彼此很熟悉——"

"可——可是真的就是这样啊。"

"实际上，雏子小姐与瑞穗小姐两人都听过对方的名号，不过两人只有在学生时代度假时共处过。你们已经毕业好几年了，在这段时间内，身为牙医之女的雏子小姐，和饭店大王的女儿瑞穗小姐，这两者之间会有什么交集吗？当然，她们依然有大小姐与绫华小姐这样的桥梁，间接维持着联系。雏子小姐从大小姐口中得知瑞穗小姐最近的消息，瑞穗小姐从绫华小姐口中得知雏子小姐的传闻，两人之间仅此而已。不过，那些终究只是口耳相传的信息，事实上，雏子小姐和瑞穗小姐最近根本没有机会直接碰面，不是吗？而且瑞穗小姐也没有参加过春天的赏花——"

"听你这么一说，好像真是这样……"

"所以两人就算把彼此的长相忘得一干二净也没什么不可思议的。大家聊天时，雏子小姐大概一边看着突然插进来的瑞穗小姐，一边暗自苦思'这个人是谁'吧。而瑞穗小姐恐怕也是一样，看着站在旁边的雏子小姐，尽管心想'这家伙是谁'，却还是与大小姐和绫华小姐相谈甚欢。"

丽子不知道瑞穗会不会在心中称呼雏子为"这家伙"，不过这不是重点，姑且不提。影山道出的真相令丽子大感意外，瑞穗与雏子居然互不相识！

"真不敢相信，这两人看上去似乎聊得很开心啊……"

"哎，这在聚集了许多人的派对上是常有的事。畅谈过后绞尽脑汁地心想'刚才那个人是谁'，派对上经常闹出这种笑话，不足为奇。"

"话是这么说啦。那么夏希又怎么样？夏希知道瑞穗喔，我还记得瑞穗离开聊天的圈子后，夏希曾清楚地说出了瑞穗的名字。"

"您说得没错，夏希小姐大概记忆力特别强吧。不过瑞穗小姐是否还记得夏希小姐，这点实在让人怀疑。事实上，在那场交谈中，夏希小姐亲昵地跟瑞穗小姐搭腔，但瑞穗小姐却没有主动与夏希小姐攀谈。这恐怕是因为瑞穗小姐已经把夏希小姐的长相忘得一干二净了。"

"也就是说，对瑞穗而言，夏希跟雏子两个人都是'不认识的女人'吧。"

"正是如此。然后派对开始，两个小时后，下午两点半时，事件发生了。在空中花园的温室里，瑞穗小姐遭到某人袭击。根据瑞穗小姐的证词，凶手是她'不认识的女人'，可是却又'好像在哪里见过对方的脸'。您是怎么想的呢？大小姐，这段微妙的证词足以显示出夏希小姐及雏子小姐两人与瑞穗小姐之间的陌生。您不这么认为吗？"

"的确，对瑞穗来说，夏希与雏子是她'不认识的女人'。此外，瑞穗跟我们交谈时，她们两人就在旁边，所以瑞穗确实'在哪里见过她们的脸'。你从一开始就怀疑夏希跟雏子了吧。"

"没有的事……我只是考虑过这种可能性罢了。"

影山申辩似的说："而就犯案可能性来看，很难想象犯人会是夏希小姐。因为记忆力强的夏希小姐记得瑞穗小姐是以前曾经一同出游的伙伴，所以夏希小姐会突然袭击瑞穗小姐的可能性恐怕很小。"

"那当然啊，夏希怎么可能会袭击瑞穗嘛。不过等等，既然如此，雏子应该也没有理由袭击瑞穗才对啊。如果你的推理是正确的，雏子应该不知道瑞穗是何方神圣，这样的话，她就更没有理由袭击瑞穗啦。"

"是的，大小姐，这里就是值得深思的地方了，"影山透过后视镜看了丽子的脸一眼，"大小姐应该也看到了吧，瑞穗小姐在派对期间，大多是跟谁在一起的？"

"瑞穗都跟堂弟手代木和也在一起。那两人就好像感情融洽的亲姐弟，总是形影不离。这有什么问题吗？"

"大小姐之所以会把那两人看成感情融洽的姐弟，是因为大小姐知道两人的关系是堂姐弟。不过，同样的光景在雏子小姐眼里又是什么呢？雏子小姐只知道瑞穗小姐是'不认识的女人'，换句话说，那种景象在雏子小姐眼中，只是和也先生正在和'不认识的女人'亲昵地交谈着。雏子小姐到底会把这个'不认识的女人'当成什么身份的人呢？"

丽子被这么一问，试着设身处地地站在雏子的立场思考。瑞穗这个妖艳美女面露微笑，和手代木和也亲密地紧挨着，看起来绝不可能是姐姐或堂姐。

"我知道了！雏子误以为瑞穗是手代木的新恋人，对吧！"

"您说得没错。只要朝这个方向想，您应该就能明白雏子小姐有充分的动机犯下这个错误。是的，雏子小姐打算替住院的友人木崎麻衣小姐报仇，向那个导致手代木和也先生与木崎麻衣小姐感情破裂的可恨女人复仇。也就是说，原本应该遭到袭击的人，是和也先生的新恋人永濑千秋，不过雏子小姐产生了误会，错误地袭击了瑞穗小姐。这就是这起事件的真相。"

影山说完全部的结论后，直视前方专心开车。丽子在脑海中反复思考他的推理。手代木瑞穗被错认为手代木和也的新女友，遭到袭击，凶手是森雏子。虽然这结论令人意外，但照他的推理，确实可以解释清楚这次瑞穗突然被"不认识的女人"袭击的怪异事件。他的推理大概是正确的吧。

不过，丽子为了慎重起见，问了驾车的影山一个问题。

"雏子是什么时候发现自己搞错了？"

"恐怕是大小姐在温室中发现瑞穗小姐之后不久吧。当时，大小姐朝倒在地上的伤者呼喊'瑞穗'，而一旁的真山信二则叫她'手代木小姐'。那时在后面听到这些话的雏子小姐，她喊了些什么，您还记得吗？'不会吧！是瑞穗姐吗？'雏子小姐是这么说的。我们只单纯地把她的呼喊声当成惊讶的表现，听过就算了，不过现在回想起来，那句话就是字面上的意思。雏子小姐就是在那一瞬间发现自己袭击的人是手代木瑞穗，于是惊讶得忍不住叫出声来。"

"原来如此。听你的解释，凶手的确不可能是雏子以外的人。可是，要断定雏子是凶手，有个很大的问题，那就是宝石的颜色。根据瑞穗的证词，在凶手胸口闪烁光芒的是绿色宝石，然而雏子胸前的宝石却是红色的。哎，影山——"

丽子从后座探出身子询问影山：

"看到雏子的红色宝石，你不觉得自己的推理错了吗？"

"不，刚好相反。如果我的推理是正确的，那颗红色宝石就非得是绿色的不可。这是我的见解。"

"还真是嘴硬啊，你这么想有什么根据吗？"

"有个地方让我有点在意，那就是雏子小姐在那个饭店小厅里的奇怪举动。大小姐发现了吗？"

"雏子的奇怪举动？她做了什么奇怪的事情吗？"

"接近傍晚时，雏子小姐看到夕阳照进房间里，主动想要放下房间的百叶窗。我感佩于这位小姐的贴心，便趋前帮忙。于是在那一瞬间，她将工作交给了我，自己又退回墙边，结果就剩下我独自一人放下剩余的百叶窗——不过我怎么想都觉得很纳闷，为什么雏子小姐会中途停止自己主动开始的工作呢？"

"对啊，因为雏子害怕阳光。"

"是的。准确来说，是害怕照到阳光的自己被人看见，所以雏子小姐才会想要放下百叶窗遮挡夕阳。我一上前帮忙，她便连忙退回太阳照不到的墙边。那么，为什么她会极力想要避开阳光呢？莫非她的宝石会因为阳光而变色——我想到这里，才总算明白她佩戴的宝石是什么来历。"

管家的慧眼让丽子不禁赞叹。

"没想到居然是亚历山大变石，我原本还以为是什么劣质红宝石呢。"

"雏子小姐本人恐怕也是故意想误导周遭的人这么想，以求摆脱嫌犯之列。所以一旦这点遭到推翻，雏子小姐应该就会立刻死心，我是这么想的。那么，该如何让站在墙边的雏子小姐被诱导到阳光能够照到的地方呢？于是我才拜托大小姐设下那样一个局。"

"原来如此——我很想说，"丽子这才对管家侦探宣泄心中的不满，"那出戏真的有必要吗？那样不就显得我宝生丽子好像是个'为了解决事件，不惜陷害朋友的冷酷女刑警'吗？"

"大小姐，您会不会把自己说得太帅气了？大小姐只是在众人面前跌倒而已——"

"总之！"丽子硬是打断管家，"就算不演那出戏，只要你在大家面前把自己的推理讲清楚，事情不就解决了吗？"

影山见丽子表现出强烈不满，一脸无辜地回答：

"您会生气也是情有可原，不过关于这点，当时我应该已经告诉过您了——'详细解释完天已经黑了'。"

呜！丽子闷哼一声，那是影山在逃生梯旁说过的话。丽子总算明白他那句话的真正意思了，他挂记的是太阳即将下山这件事情。

"一旦太阳下山，亚历山大变石就不会释放出绿色的光芒，因此必须趁还有太阳时作个了结。"

事实上，事件也确实在天黑之前解决了。影山的急中生智，与丽子的稀世演技，让事件在发生过后没多久就迅速获得了解决。无论如何，案子能够迅速解决真是太好了，丽子心想，虽然被逮捕的是自己的好朋友。

"话说回来，大小姐，雏子小姐会被控以严重的罪名吗？"

"不，别担心。她只是初犯，又没有计划性，瑞穗的伤势也很轻。虽然她在法庭免不了会被问罪，但是应该能获判缓刑。而且，正在住院中的麻衣，身体也渐渐好起来，到时候SSD全体成员再一起——啊，对了！"

"您怎么了，大小姐？"

"影山，虽然早了点，但我现在先说一声。"

丽子突然兴头一起，对管家单方面地下令说：

"明年四月的第一个礼拜五，绝对不能安排任何活动，我有事情要拜托你。"

管家慧眼独具，只要有这句话就够了。驾驶座上的影山以可靠的语气回答道：

"是要去井之头公园占场地吧。请尽管交给在下，大小姐。"

第四部　平安夜来桩密室杀人案如何？

1

事件发生在十二月二十四日的餐桌上。当时，宝生家的独生女丽子正在享用温烤小羔羊、嫩炒鸭肉、意式真鲷薄片、扁豆汤，以及特制法式吐司等平凡的早餐。然而，这般司空见惯的光景却突然中断，起因是随侍丽子身旁的忠实管家影山欠缺思虑的一句话：

"大小姐，您今晚的安排是？"

一瞬间，丽子的双手变得异常僵硬。在她的刀叉之间，小羔羊像是活过来似的弹跳起来，扑通一声掉进扁豆汤中。

管家目睹了这不该看到的场景后，仿佛想将一切怪罪在眼镜上一般，拿下银框眼镜，开始擦拭起镜片。"那个……请您忘了我刚才的问题……"

"什么嘛！"丽子反倒觉得自尊心受创，于是大声叫道，"你以为这点小问题吓得倒我吗？别开玩笑了！早在半年前，就有一堆人抢着想在平安夜当天约我出去，我为了拒绝他们，还撒了好多谎呢。"

影山把擦拭完的眼镜再度戴回去。

"不愧是大小姐，想必是因为大家都喜爱您的人品吧。"

"这也是原因之一啦,不过更重要的是脸。谁叫丽子妹妹那么可爱嘛——只不过!"

仿佛接下来才是重点一般,丽子伸出手指朝向影山,继续说道:

"你也知道,宝生丽子我是现役刑警,任职于人称关东地区勤务最繁忙的警视厅国立市警署,所以,事情未必都能顺遂地照着计划走喔。毕竟,凶恶的罪犯才不管什么圣诞节,想犯案随时都可能犯案。难得快乐的平安夜,最后搞不好一点也不平安,只好自己一个人无奈地回家呢。"

"原来如此。'平安夜不平安'——真是漂亮的回文修辞呢。"

不,我没有那个意思,而且你也不用对这种奇怪的地方感到佩服啦!

"那又怎么样?我的安排跟你无关吧。无论有没有约会,反正有必要时,我会打电话叫你的。"

"是,关于这件事情……"仿佛大企业主管在记者会上为公司的纰漏致歉一般,管家程序化地慎重鞠躬行礼,"其实我今晚有重要的约会——"

丽子还没把影山的话听到最后——咕咚!就自己从椅子上滑了下来,臀部重击在地板上——呃,什么?你刚才说了什么?

影山见丽子一手拿着叉子,吓得目瞪口呆,表情严肃地重复说道:

"今晚我有重要约会,届时将不在宅邸内,还请您见谅。"

丽子咀嚼着影山所说的话,缓缓地站起身子。她把叉子放在餐桌上，也不管才吃了几口的法式吐司了，就这样茫然地离开餐桌。然后，她拿起放置一旁的博柏利大衣，机械地穿上，戴好工作时才戴的装饰黑框眼镜后，突然以蕴含着杀气的眼神，恶狠狠地瞪着影山，以丹田之力直指他的脸大叫：

"你这个叛徒——明明只是个管家，明明只是个管家——"

明明只是个管家，居然胆敢丢下我，径自跑去赴什么圣诞夜的重要约会，我绝不允许！

丽子激动得几乎要晕厥过去，而影山依然表情平静地说：

"请冷静一点，大小姐。我一个晚上不在这里并没有什么要紧，况且老爷已经同意了。"

"哦——是这样啊！的确没什么要紧，别说是一晚了，你干脆请假一个礼拜，好好享受吧！在这段时间内，我会善尽刑警的繁忙勤务！再见——"

"请等一下，"丽子正准备离开餐厅时，影山叫住她，"您要去上班了吗？请让在下开车送您吧。"

"不——需——要！"丽子断然拒绝管家的提议，"我走路去。不，搭公交车去。"

"您是说搭公交车吗？"影山不禁露出嗤之以鼻的表情，"不好意思，大小姐，敢问您有乘坐公交车的经验吗？现在这时刻想要上下公交车是需要些技巧的。大小姐这样一窍不通的外行人，突然想搭公交车，只会被挤到通道最尾端，没办法下车，最后落得跟着公交车绕一大圈、回到原来公交车站的下场。我不会骗您的，请您坐车去吧。"

丽子说不出话来。没想到居然被人鄙视到这种地步，而且是一大清早就被这样鄙视，哪有这种事。怒上心头的丽子固执地宣告："我要搭公交车，公交车公交车！"

于是管家以恭敬却又冷淡的口吻说："那就请大小姐随意了。"

"我当然会随意，"火大的丽子说完转过身子，"绝对不可以追上来喔！"她说了这句好像在期待着什么的台词，头也不回地快步往宅邸的玄关走去，气势汹汹地推开大门。在那一瞬间，跃入丽子视野中的是在朝阳中闪耀光辉的雪。

丽子完全忘了，昨晚的国立市难得在这个时节下起了大雪。

丽子满怀期待地悄悄回头一望，影山并没有追上来，他似乎忠实地执行丽子的盼咐。丽子不由得叹了口气。

在逐渐消融的雪地中走到公交车站，实在是太折腾人了。

2

过了一个小时，一辆客满的公交车抵达公交车站。车门一打开，丽子的身体立刻像柏青哥的小钢珠一样，被猛地弹到车外。

黑色裤装满是皱褶，束起来的头发翘得乱七八糟。与其说这是正要去上班的打扮，倒不如说像是了结一桩大案子之后的模样。即使如此，丽子那钢铁般的意志却丝毫没有受到任何打击。

"哼，怎么样，虽然影山口口声声说说什么'绕一大圈回到原来的公交车站'，不过你看看，我这不就在其他站下车了吗，"丽子以成功登陆月球般的骄傲态度环顾周遭，"不过，这里到底是国立市的什么地方啊？"

不是国立市警署附近，而是随处可见的平凡住宅区。大马路上不断延伸出一条又一条小巷，老旧的房屋鳞次栉比。丽子再度望向公交车站牌，只见上面写着"西国分寺医院前"这几个令人失望的字，这下丽子不禁垮下肩膀。"居然已经不在国立市了……"

我要怎么到国立市警署呢？丽子不安地心想。

不过算了，上班稍微迟到一会儿也没关系，毕竟东京有"积雪的早上可以迟到"这条贴心的不成文规定。

丽子重振精神，放弃公交车，转而找起出租车。大马路上的雪已经融得差不多了，但人烟稀少的巷子里还有不少积雪。置身在陌生住宅区的丽子不安地四处张望，突然，一阵女性的惨叫声传进她的耳里。

丽子吓了一大跳，瞬间停下脚步，窥伺着周遭。这时，她的面前突然出现一位神色惊惶的女性。这名女性从巷子里跑出来，大学生年纪，体型瘦高，腿长得与身体比例不太协调。她身穿红色大衣和窄管牛仔裤，肩背托特包，脚上的运动鞋被雪弄得脏兮兮的。

这个女人冲出巷子后左右张望，发现了站在附近的丽子。她差点跌倒，最后冲到丽子身边，劈头说出令丽子意想不到的话。

"不好了，有人……有人死了……快……快叫警察……"

"咦，警察？我——我知道了，打110是吧？"惊慌失措的丽子下意识地拿出手机，不不不，等一等，她这才想起自己的职业。她收起手机，拿出警官证件，递到这位女性面前。"我就是警察，国立市警署的宝生丽子。你说有人死了是真的吗？"

这位人高马大的女性弯下腰来确认丽子的证件。

"正好！"这位女性大叫着，立刻以惊人的力道抓住丽子的手腕，一个劲拖着她走，"在这边，女警小姐，这边这边！"

不，我不是女警，是刑警啊，丽子在心里抗议着，被身穿红色大衣的女性带往巷子入口，就是她刚才冲出来的那条小巷。巷子两边都是水泥墙，前方十米处是一栋时髦的三角屋顶住宅。与其说这条巷子是马路，不如说是三角屋顶住宅住户的专用通道。

"松冈在那里面……"这位女性硬是把丽子拉进巷子里。

丽子为了安抚这位情绪激动的女性，以威严的声音说"先等一下"，然后在巷子前停下脚步，很有警官风范地审视起眼前的景象。

昨晚下的雪覆盖了巷子，积雪厚度约一厘米。不过这条积雪的路上只留下两道痕迹，一道是人的足迹，另一道是脚踏车的胎痕。除此之外，雪地上没有其他显著痕迹。

"这是你的脚印吧？"

丽子指着的那道足迹轮廓分明又清晰，而且在巷子里来回绕了一趟。

"是的，这是我刚才在这条巷子里来回时留下的脚印。"

"那么这胎痕是？"

丽子把脸凑到雪上观察，这道胎痕似乎已经存在了一段时间。车轮通过的地方，雪已经融了大半，露出底下棕色的地面。与其说这是胎痕，不如说更像是地面上弯弯曲曲地画着宽度跟胎痕差不多的棕色粗线。当然，胎纹早已经无法辨识了。

"这大概是松冈骑脚踏车回家时留下的痕迹吧。"

"你说的松冈，是住在这个房子里的人吧。话说回来，你跟那个人是什么关系呢？"

丽子为慎重起见，一边询问一边用手机拍下巷子的状况。身穿红色大衣的女性说自己名叫中泽里奈，这个房子的住户叫松冈弓绘，两人是就读同一所大学的朋友。丽子取得这些情报之后，终于踏进积雪的巷子里。

丽子和中泽里奈靠着巷子的边缘走，穿过巷子后便抵达了三角屋顶住宅的玄关。脚踏车的胎痕也同样直通玄关，玄关旁的停车场里，停放着应该就是松冈弓绘的黄色脚踏车。

丽子从包内取出一副白色手套，戴上后打开玄关大门。

玄关后方是一条笔直短廊，尽头是看似客厅的房间。隔开走廊与客厅的门完全敞开，所以从玄关就能看到整个客厅的情况。有人倒卧在客厅地板上。丽子亲眼确认了这点。

"你在这里等着。"

丽子叫中泽里奈留在玄关，独自进入屋内。她经过走廊，来到客厅。

那是个空空荡荡的房间，比较显眼的东西只有电视、沙发，以及小桌子。一位年轻女性仰卧在客厅地板上。

女性拥有时下大学生的平均体型，细瘦的脸庞，看上去应该算得上是美女，头发又长又漂亮。她身穿粉红色T恤，外面套着一件针织毛衣，是舒适的居家打扮。

"这女孩就是松冈弓绘小姐吧?"

中泽里奈从玄关那头回答:"是的。"丽子闻言,确认起倒卧地上的女性的脉搏。松冈弓绘已经死了,头部可见些微出血,她似乎是因为头部受到撞击,或是遭到殴打致死。

接着丽子打量起尸体周遭,但是没有找到疑似凶器的物体。她在客厅里发现了一座几乎垂直起来的梯子,抬头一看,发现有个用三角屋顶的空间改建的阁楼。

丽子确认阁楼与尸体的位置。如果一不小心从那个阁楼摔下来,头部重击地面,或许就会呈现这样的死状。丽子想到这里,拿起手机。无论这是意外事故或杀人事件,都得先打110报警。

姑且也联络一下无能的上司吧。丽子不知道自己率先抵达现场是幸运还是不幸,不过她不会因为迟到挨骂了。

几分钟后——"好,我知道了,宝生。我一分钟后到,等我一下。"

上司留下奇怪的话之后结束了通话。不不不,一分钟太勉强了吧。从国立市到西国分寺,这段路程不可能只花一分钟就能赶到。丽子尽管心里这么想,还是觉得有点好奇,于是来到巷子入口等待上司。结果刚好过了整整一分钟,一辆公交车驶过丽子眼前,停靠在"西国分寺医院前"的公车站牌处。车门一打开,一位男性立刻像是柏青哥的小钢珠一样,被猛地弹了出来。白色西装配上黑色大衣与红色围巾,会打扮得这么招摇的人,要么是统领国分寺市一带的黑道头子,要么就是风祭警部。

风祭警部是知名汽车制造商"风祭汽车"家的少爷，平常这位年轻的精英警官总是开着银色捷豹四处跑，为杀人现场"增色"不少，然而今天他却朴实地搭着公交车登场。

丽子目瞪口呆，风祭警部却不停地东张西望。不久，他总算发现丽子，高举一只手打了声招呼，然后留意着路上的积雪，小心地走到她身边。

"早啊，宝生。哎呀，你好像很好奇呢。唉，这也难怪啦，"警部立刻开始解释，"这件阿玛尼长大衣是从意大利订购的，这条红色围巾是银座老店……"

"不，衣服的事情无所谓，"搭配的品位很糟糕，"话说回来，您为什么搭公交车来？"

"啊啊，你感兴趣的是这件事啊。"

不，我一点都不感兴趣，不过，总不能让心里的芥蒂影响工作，我想现在弄个清楚，只是这样而已。

"其实也没什么啦，路上积雪会弄脏了捷豹，很讨厌吧？所以呢，我想偶尔搭公交车上班也不错，可是我一上车后马上被挤到通道最尾端，没办法下车，结果跟着公交车绕了一大圈，回到了原来的公交车站。就在这时——"

他接到了来自丽子的电话吧。很遗憾，丽子无法耻笑警部没用。

那还真是辛苦呢，丽子用指尖推着装饰用眼镜说，然后重新进入工作状态，带着警部前往现场。"请往这边走，长官，死者是名叫松冈弓绘的大学生，发现者是就读同一所大学的中泽里奈小姐……"

丽子向上司说明状况时,警车接连开到周边道路,现场顿时笼罩在严肃的气氛之中,没人注意风祭警部的打扮品位。

3

在松冈弓绘家的玄关前,中泽里奈重新对风祭警部叙述了一遍发现尸体的经过。她在每天前往大学的路上,都会经过这个住宅。

"当时我不经意想起包里有之前跟松冈借的书,刚好有这个机会,我想干脆趁现在还给她好了,于是朝她家的方向望去,发现窗户透出灯光。啊啊,原来松冈在家啊,我这么想着,走到玄关,按下门铃,可是没有人应门。无奈之下,我抱着把书放下就走的想法,试着转转门把手,结果门没上锁,很轻易就打开了。松冈果然在家嘛,我这么想着,同时往屋内窥探,却看到有人倒在客厅里……"

中泽里奈察觉异状,连忙进入屋内,在客厅发现了尸体。随后她惨叫着跑到屋外,接着遇见丽子。过程大致就是这样。

"我明白了,稍后可能还有什么事情要请教你。"

风祭警部暂时丢下中泽里奈,自顾自地快步走向现场。他见到了尸体。

风祭警部观察了尸体好一会儿,但是尸体似乎没什么地方让他特别感兴趣。他很快将注意力转向三角屋顶的阁楼。

"这房子挺别致的嘛。一个大学生居然租了独栋房子自己住,真是奢侈啊。不过我大学时也是租了4LDK的跃层独立公寓住。"

风祭警部这样结束了今天的第二次吹嘘。

"哎呀哎呀，难得有这个机会，该上阁楼看看嘛。"

警部宛如想要爬上双层床上层的小孩子一般，立刻踏上梯子，一口气爬到一半的位置。下一个瞬间，他踩到自己围绕在脖子上的过长围巾，"呜呕"地发出了像是青蛙即将窒息般的呻吟声。警部就这样从梯子上跌落地面，砰的一声背部重击地面。

警部，你到底想做什么啊？丽子皱起眉头。

丽子斜眼瞪了痛苦地在地上直打滚的上司一眼，迅速爬上梯子。

如果用榻榻米来计算，阁楼的空间大概有三叠那么大。地毯上铺着寝具，这应该是松冈弓绘的床吧。更里面一点似乎是收纳空间。

书、杂志、DVD等物品塞满低矮的架子。

各式各样的运动相关用品乱七八糟地收放在墙边。

网球和高尔夫球大概是她喜爱的运动吧，哑铃和弹力绳则是用来减肥的，滑雪板和雪地滑板像是为接下来的天气准备的，保养得相当好。不过，松冈弓绘再也无法度过这个能够用它们大显身手的冬天了。

风祭警部回过神来，又爬上了阁楼。为了防止危险，他已经摘掉红色围巾。警部从阁楼边低矮的扶手处探出身子，俯瞰着客厅，伸手指向客厅说：

"宝生，你看这座阁楼跟客厅尸体的位置关系。恐怕松冈弓绘是不小心从这座阁楼上摔了下去,结果头部撞到地板死了。换句话说,这是一起不幸的意外事故。"

警部说完,炫耀般露出得意的表情望着丽子,仿佛期望能得到丽子风暴一般的喝彩声。然而警部不过是说出了任谁都想得到的推理罢了,别说是喝彩风暴了,甚至连一丝微风都没能吹起。

"抱歉,长官,"丽子慎重地选择用语建议说,"虽然不能否定事故的可能性,可是我们也无法否定她有可能是被人推下来的,不是吗?"

"那么,你认为这是一起杀人事件喽?喂喂喂,何必想得那么复杂呢?"

"不,哪里复杂了!是长官太呆了吧!"

糟糕,居然不小心真的说出了"呆"这个字。

不过警部并没有对说错话的丽子生气,反倒盘起双臂,陷入沉思。不久,警部抬起头说了一句"既然如此",便走到客厅的窗户边。

窗户外面有个称不上庭院的狭小空间,前方竖立着砖墙,紧邻的是一栋木质两层楼建筑。警部指着眼前的狭小空间说:

"你看,宝生,围墙和建筑物之间的小空间也积了这么多雪,砖墙上也有。不过这些雪的上面别说是人类的脚印了,甚至连猫的足迹都没有。"

"的确是这样,"丽子证实警部说的都是事实,她隐约察觉到警部的企图,于是抢先一步说道,"其他窗户也检查看看吧,长官。"

丽子与警部打开松冈弓绘小房子的所有窗户，确认外头的情况。他们将长方形建筑物东西南北四个方位都看遍了，结果无论在哪个方位都没有发现人类足迹。

调查至此，风祭警部似乎更加确信自己的理论。他们重新回到客厅后，他在丽子面前再度表现出得意之态，开始表演拿手的推理。

"听好了，宝生，这栋房子四面都被邻家包围，能够通往大马路的，就只有从玄关出去的那条小巷。尸体被发现时，除去第一发现者与宝生的脚印，这条巷子里就只剩下脚踏车的胎痕了。这条胎痕应该是死去的松冈弓绘返家时留下来的。换句话说，巷子内并没有任何蛛丝马迹显示有谁离开过这栋建筑物。我们观察了建筑物周遭，但是每个地方都没有人经过的迹象，积雪依然保持得很完整。要跨越围墙逃到邻家院子里，却又不在积雪上留下痕迹，这种事情恐怕没人能办到吧。话说回来，宝生，昨晚的雪是从几点下到几点呢？"

"我记得是晚上六点左右开始下，大概九点左右停了。"

"我也记得是这样。那么，就算雪是在昨晚九点停的。昨晚九点过后，松冈弓绘骑着脚踏车回到了家。在那之后，这个房子就没有人进出了，她是独自一人待在这个家里的，也就是说——"

风祭警部在面前竖起一根手指，慢条斯理地道出结论：

"这起事件，是独自在家的松冈弓绘自己从阁楼上跌下来摔死，不可能是他杀。因此，这是一起事故，没错吧？"

"原来如此，您说得的确有道理。"丽子尽管点头附和，却还是不由得感受到一股微妙的异样。

风祭警部刚才的推理和平常大不相同，条理分明，不仅准确，而且聪明。今天的警部似乎干劲十足，为什么呢？丽子不经意地心想，难不成——

"长官，您拼了命地想要赶快完成今天的工作，是吧？"

风祭警部顿时露出一副惊慌失措的神情，脸上清清楚楚写着"说中了"三个字，但他反驳道：

"没，没这回事，"警部竭尽全力装傻，"我只是觉得，没必要白白浪费时间，为了这起肯定是意外事故的简单事件东奔西跑罢了——况且今天又是平安夜。"

这才是你的真心话啊。不过不单是风祭警部，恐怕没有哪个刑警愿意把平安夜耗在调查杀人事件上吧。的确，或许事情最好能够单纯以不幸的意外事故收场，但是它的确要是意外事故才行。

丽子这么想着，不经意地朝窗外望去。

隔壁民宅的二楼映入她的眼帘，玻璃窗的另一边有个大概七十几岁的老婆婆正俯瞰着这边。丽子偶然和她对上眼，在下一个瞬间，老婆婆招手，像是要叫她过去。咦，找我吗？丽子指着自己的脸问道。

玻璃窗后的老婆婆像是在说"没错"，并深深地点头。

隔壁的老婆婆似乎有什么话想要跟警察说，虽然丽子并不清楚她要说什么。

丽子立刻与警部一同造访邻家，门牌上写着"佐佐木时子"。

他们刚按响玄关的门铃,门就开了,探出头来的是位满头白发、身穿灰色棉袄的女性。您是佐佐木时子女士吧,丽子一问,对方很干脆地点了点头。

"欢迎你们。哎,别站着说话,进来嘛。"

佐佐木时子操着一口冈山一带的方言,带领两位刑警前往客厅,接着她一屁股坐在和室椅上,朝丽子露出好奇的表情。

"那么,刑警专程找上我这老家伙,是想问些什么呢?"

喂喂喂,她没问题吧,警部对丽子使了个眼色,丽子也面露不安的神色。

"那个——不是老婆婆叫我们过来的吗?"

佐佐木时子摆出一副沉思的模样,然后她砰地拍了一下手,"喔喔,对啦,"她抬起头来说,"我有些值得一听的消息一定要告诉警察。"

这老婆婆没问题吧?丽子越来越不安,但还是等她接着说下去。

"其实啊,"佐佐木时子开始告诉刑警们她所谓的"值得一听的消息","昨天晚上我听到了奇怪的声音喔。那时候我坐在二楼房间的窗边,眺望着外头的雪景,突然传来砰咚的声响。一瞬间我还以为是地震,可是好像不是这么回事。虽然那时我搞不太清楚发生了什么事情,不过,今天早上就闹出这场骚动了,听说住在隔壁的女孩子死了。于是我心想,啊,昨晚的巨响,会不会跟这件事情有关啊?怎么样,刑警小姐,两者之间有什么关系吗?"

丽子不由得点了好几次头,的确有关系。佐佐木时子听到的巨响，肯定就是松冈弓绘从阁楼跌下来的撞击声。

激动的风祭警部抢在丽子前头，追问佐佐木时子。

"老婆婆，您记得听见那声巨响时的准确时间吗？"

"知道啊。因为当时我马上就看了时钟，那是晚上十点发生的事情。"

晚上十点，所以那就是事件发生的准确时间了。这是相当重要的信息。不过，为了得到更多信息，警部接着问道：

"您在那个时候只听到了怪声吗？还发生了什么事情？"

老婆婆慢慢点了点头，仿佛又要告知什么新事实似的压低声音说：

"有啊，还是声音。我又听到了同样的砰咚声。"

"咦？"风祭警部也神情紧张地探出身子，"那——那是在昨晚几点的时候？"

"不是昨晚，是今天早上，就在刚才啊。那是几点的时候呢……"

不，几点都无所谓了。今早的砰咚声，肯定是风祭警部从梯子上摔下来的声音。丽子无言地低下头，警部则用小指难为情地搔着头。

"呃——那么宝生，我们该走了……"

警部判断已经没有其他该问的事了，便站起身子。不过这时佐佐木时子又说了值得注意的话。

"这么说起来，我看到了一个人喔。不过，我只是隔着窗帘看到人影罢了。"

"人影？"原本已经站起身的警部再度坐回去，"是松冈弓绘小姐吗？"

"这我怎么可能知道啊。只不过我确实看见了人影，那应该是昨天晚上刚过十点不久的时候吧。"

"喔，原来如此。昨天晚上十点过后啊……晚上十点过后……咦？"总算察觉事有蹊跷的警部，用像是要把眼前的老婆婆揪起来问话般的气势说，"喂，这是真的吗？如果是晚上十点过后，那就是听到那声巨响之后的事情？你是不是搞错了啊，老太婆！"

"喂，谁是老太婆啊，你这个死小鬼！"

"对——对不起，"遭到呵斥后，警部缩起身子再度问道，"大姐，关于晚上十点过后这点，您是不是有什么误会呢？"

警部，我想你只需要叫"老婆婆"就可以了……

"不，哪有可能搞错，"佐佐木时子强硬地坚持说，"我隔着窗帘看到人影，是在听到那声巨响之后不久的事情，错不了的。"

真是令人震惊的证词。如果佐佐木时子听到的巨响是松冈弓绘摔下阁楼造成的声响，那么之后她应该已经死了，要不然就是身受重伤奄奄一息。那么佐佐木时子在那之后隔着窗帘看到的人影，到底会是谁呢？

凶手，这个词浮现在丽子的脑海里。也就是说，这是一起杀人事件？

两位刑警随即告辞离开佐佐木时子家，回到通往松冈弓绘家的小巷。穿越巷子时，风祭警部频频歪着头。

"你不觉得有点奇怪吗？如果这是起杀人事件，凶手是如何逃离这个被雪封锁起来的住处的呢？怎样才能不在雪上留下任何脚印呢？"

这正是最大的谜团，丽子也想不出个名堂。

警部又说道："啊啊，对了对了……"一副好像已经找到新结论的样子。警部刚回到现场的客厅，便提议：

"再把第一发现者中泽里奈找来问话吧。"

丽子不太清楚警部的目的是什么，不过，既然松冈弓绘的死不能以单纯的事故了结，讯问就变成必要程序了。

中泽里奈似乎不知道为什么自己会再被找来。

警部什么也没解释就开始询问：

"听说你跟松冈弓绘小姐念同一所大学，你们是什么关系？社团朋友吗？"

"不，是打工的同事。我们在同一家咖啡厅打工，所以自然就熟识了。"

"原来如此。在你看来，松冈弓绘小姐是个怎么样的女性呢？"

"她是个活泼的人，个性开朗，运动全能，谁都喜欢她。"

中泽里奈如此吹捧已逝的故人，不过很可惜，以丽子当警官的经验，无论是谁都很喜欢的人并不存在于这个世界上。只是偶尔会有像风祭警部这种误以为大家都喜欢自己的人。（不，这种人很少见！）

"话说回来，中泽小姐，"风祭警部面露亲昵的笑容，直截了当地丢出核心问题，"昨天晚上十点前后，你在哪里，在做什么呢？"

"啊？这是在调查不在场证明吗？"中泽里奈脸上浮现狼狈的神色，"松冈不是死于意外吗？"

"哎呀，你怎么会这么想？没有人说她的死是意外啊。"

当然有人说过，警部自己刚才就这么说过。丽子叹了口气，插嘴催促中泽里奈回答。

"这只是例行调查，现在还不知道松冈小姐是不是死于意外。"

中泽里奈仿佛接受了丽子的解释，总算开口说：

"昨晚十点，我自己一个人待在公寓的房间里，所以拿不出什么不在场证明。"

可是她接着又对两位刑警说："您该不会真的怀疑是我杀了松冈吧？那我反过来问您，如果我是凶手的话，我要怎样才能离开现场呢？那条巷子里确实留有我的脚印，不过那是我今天早上发现尸体时留下的。如果昨晚十点我在这个屋子里杀死松冈后逃走，这条巷子里没有留下另一道足迹，这不是很奇怪吗？"

没错，事情正如她的解释。接下来警部会作何回应呢？可是警部仿佛早已料到她会这么讲，立即反驳说：

"昨晚十点杀害了松冈弓绘后，凶手未必就在当晚逃离了现场。可能耐心等了一个晚上，到了早上才离开，或者佯装成第一发现者。"

"什么……"中泽里奈露出困惑的表情，"简单来说，刑警先生的想法是这样吧：那条巷子里的脚印中，前往玄关的'去程'脚印其实是昨晚留下的，只有从玄关回来的'回程'脚印是今早留下的。而我则是在坚称那是我今早往返时的脚印。您是这个意思吗？这怎么可能？这种方法，这种方法……"

不过她突然一脸认同地说："原来如此，的确可行！可行可行！"

"可行对吧，"警部得意地点了点头，"岂止可行，就算说'除此之外别无他法'也不为过呢。所以说，能够杀害松冈弓绘的人就只有你了。你明白了吗？"

"我明白了。哎呀，不愧是刑警先生，真是深谋远虑啊——开什么玩笑啊！"

中泽里奈终于忍不住爆出一长串吐槽："什么耐心地和尸体一起在杀人现场度过一晚，世界上有哪个杀人犯会这么做啊！这也未免太不切实际了！"

中泽里奈大发雷霆也不是没道理的。警部所说的做法，在理论上确实可行，但是太不切实际了，而且也和丽子自己的观察结果不符。丽子向警部强调这点。

"我曾经近距离观察过中泽小姐的脚印。什么其中一道是昨晚留下的，另一道是今早留下的，这种事情绝无可能。过了一晚的脚印和刚印上去的脚印，区别很大。"

"喔，是吗？那——那就没办法了，"警部信心动摇，也否定了自己的假设，"如果是这样，杀害松冈弓绘的到底会是谁呢？"

回应风祭警部自言自语的竟然是中泽里奈。

"我知道有个男的可能有嫌疑。是在同一家咖啡厅打工，名叫大泽正树的男生，他最近被松冈甩了。"

听说这个名叫大泽正树的男性自尊心很强,是很容易钻牛角尖的那种人。大泽正树可能恨不得想杀了松冈弓绘吧,中泽里奈悄声说道。

看来,她用"无论是谁都很喜欢"来形容松冈弓绘,只是出于对往生者的尊重罢了。

4

从国分寺往国立市路上的某个十字路口,在牛排馆与寿司店争夺少数客人的街头一角,有家咖啡厅名叫"日吉茶房"。宝生丽子与风祭警部一踏进店内,一个年轻女性立刻喊道:"欢迎光临……"

风祭警部环顾空空荡荡的咖啡厅,和丽子一起坐进最后方的座位。然后也不知道到底是在哪里学来的规矩,他啪的一声弹响指头,叫来身穿围裙的女服务生,连菜单也没看,直接说:"告诉我你们今天推荐的咖啡。"

长发绑成马尾的娇小女服务生瞬间唑地倒抽了口气。不过她打量过警部的特殊打扮后,马上恢复若无其事的表情。"我推荐蓝山日吉特调……"

丽子看到,菜单上只有调和式与蓝山两种咖啡。服务生似乎看出警部是个有钱人家的公子哥儿,于是想出一个根本不存在的新玩意儿。

"好,那就来两杯这种咖啡——不,三杯。"

三杯?女服务生好奇地反问。警部微笑着说:

"没错,是三杯。还有,帮我把大泽正树这个工读生叫来,我要点的就这些。"

"好的,蓝山日吉特调三杯跟大泽一人是吧?请稍等。"

绑着马尾的女孩消失在厨房门内。

"嗯,这家店比想象中好呢,女服务生也很讨人喜欢。"

警部尽管受骗点了高价咖啡,却依然满心欢喜。过了一会儿,一位年轻男性端着托盘和咖啡从厨房里出现了。他带着紧张的表情,来到丽子他们桌前。

"让两位久等了,这是调和……不,这是蓝山日吉特调。"

说穿了,就是普通的调和式咖啡吧,丽子一瞬间洞察了新品的真面目。端着咖啡过来的这个人,就是他们点的另一个品项,大泽正树。

丽子一边用指尖推了推装饰用眼镜一边观察着他。

身高大概一百七十厘米左右吧。肩膀宽阔,体格结实,感觉就像健壮的运动员。棱角分明、独具特征的脸让人感受到一股强烈的意志。

"你就是大泽正树吧,很好。来,坐下来喝杯咖啡吧,这咖啡是为你而点的。我想你应该也隐约察觉到我们是谁了吧——叮咚!答案正确!我是国立市警署的风祭,这位是我的部下宝生。松冈弓绘小姐被杀害了,我们想请教你几个问题。"

"被——被杀害?"大泽正树满脸惊讶,"松冈过世的消息,朋友已经通过短信告诉我了,可我不知道她是被杀害的。这是真的吗?"

"啊啊，这种可能性恐怕很大，"警部盯着坐在对面的大泽正树的脸，冷不防丢出关键问题，"听说你和松冈小姐在交往，直到最近才被她甩——不，是跟她分手了——没错吧？"

"是——是的，虽然是这样，不过刑警先生，您该不会是在怀疑我吧？"

"不，怎么会，我看起来像是在怀疑你吗？"警部虚与委蛇地避开对方的问题后，又继续发问，"昨天晚上十点左右，你在哪里，在做什么呢？"

"这——这是不在场证明调查吧，您果然是在怀疑我。啊啊，可是晚上十点我已经下班，一个人走在积雪的路上回家，所以无法提出明确的不在场证明……"

"原来如此。那么，你跟松冈小姐当初是怎么开始交往的呢？"

"我们在同一家店打工，自然而然就熟起来了。不过，一开始是她跟我搭讪的。"

"喔——你这是在炫耀吗？"警部忍着呵欠问。

"不是！这是事实，请不要在奇怪的地方打岔，"大泽正树像是被激怒了，瘪着嘴巴，回到正题，"我们大概从一年前开始交往，上个月分手，所以交往还不满一年。是啊，我们是一对很普通的情侣，夏天会一起去海边玩水，冬天会去山上滑雪——"

"这么说起来，松冈小姐好像是位活泼的女性。"

"是的，她对冬季运动样样精通，甚至热衷到自费买了全套的相关用品。眼看最喜欢的季节即将来临，她却在这个时候被杀害，真是太可怜了。"

丽子边听他说边回想着放在现场阁楼里的滑雪板和雪地滑板等用具。警部和大泽正树的对话告一段落后，丽子开口问：

"为什么她会在这个自己最喜欢的季节来临前甩了你——不，你们两位为什么会分手呢？"

"没关系的，刑警小姐，您大可直接问'她为什么甩了我'。"

"那我问了——她为什么甩了你呢？"风祭警部直截了当地问。

"这件事说起来真叫人火大！"大泽正树粗声粗气起来，但还是老实回答了问题，"原因出在她那边。简单来说，就是她交了新的男朋友，是个叫高野道彦的家伙——啊啊，对了！"

大泽正树突然露出生气勃勃的表情，向两位刑警问道：

"两位刑警们可能认为，我被甩掉了，为泄愤杀了松冈，但不是我做的。真要说的话，高野道彦不是更可疑吗？高野这个男人游手好闲，满不在乎地脚踏多条船，听说他和女性之间的纠纷多到数不清，所以他跟松冈之间一定有什么问题……"

丽子一边听着大泽正树的证词一边把高野道彦的名字记在手册里。

高野道彦和松冈弓绘就读同一所大学，住处是从日吉町十字路口继续前往国立市方向路上的公寓。丽子和风祭警部一走出咖啡厅，便马上前去拜访新的嫌犯。

他们按下三楼一户公寓的门铃，开门探出头来的是个身材修长的男性。

褐发、耳环，以及晒黑的肌肤，这个人身上轻浮男子的三大要素齐备，看着就像个爱玩的家伙——不，丽子很确信，这个人实际上一定玩得很凶。他就像是在观察着玄关前的可疑物品一般，视线小心谨慎地投向两位刑警。

"我们是国立市警署的人。"警部帅气地出示证件。

不过高野道彦却对警部丝毫不感兴趣，他冲着丽子露出不怀好意的笑容。丽子感受到他那仿佛来回舔舐般的视线，顿时觉得背上又刺又痒。

"找我有何贵干？我可没做什么坏事啊。"

他什么都不知道，还是故意装作不知道呢？警部对这位轻浮的大学生问道：

"你认识松冈弓绘小姐吧？没错，就是你女朋友。她过世了，好像是被杀害了。"

高野道彦听了警部所说的话，一时间说不出话来。"被杀害了？被谁？"

"这个嘛，会是谁呢？"警部意味深长地打量着嫌犯。

"啊，我吗？你是说我吗，刑警先生？哈哈，别开玩笑了，为什么我要杀死弓绘啊？我可是发自内心地深爱着弓绘呢。刑警小姐，你说是吧？"

轻浮男居然向丽子征求同意。

——这我哪知道啊！丽子一边在心中暗自咒骂一边装出若无其事的表情问道：

"听说你最近才和松冈弓绘小姐开始交往是吧？"

"嗯，是啊。我们在大学社团联谊时认识，然后就在一起了。

不过最先开口搭讪的是她啦，嘿嘿。"

他百分之百是在炫耀，不过，现在无法确认这到底是不是事实。

"昨晚十点左右，你在哪里，在做什么呢？"

"十点左右吗？啊啊，那就没问题了，因为我昨晚跟小绫一起过夜。换句话说，我有完美的不在场证明呢。"

为什么呢？在这男人提出完美不在场证明的瞬间，丽子觉得自己心中对他的不信任感攀升到极点。"跟小绫一起过夜？你不是发自内心深爱着松冈弓绘小姐吗？"

丽子带着错愕的表情问。高野道彦不舒服似的扭动身体。

"不，那个，昨晚我的心属于弓绘，但身体却跟小绫在一起。唉，刑警小姐，你应该明白我的意思吧？"

不要什么事都征求我的同意！再说，那个小绫是谁啊？

"那个小绫是谁呢？"

警部说出丽子的心声。高野道彦以辩解的语气回答：

"那——那个，小绫是咖啡厅里的女孩。就是在弓绘打工的日吉茶房当女服务生，那个超可爱的马尾女孩——"

啊啊，是那个女孩啊！案情的意外发展让丽子不禁蹙起眉头。

丽子与风祭警部再度折返日吉茶房，询问所谓的小绫。顺带一提，很适合绑马尾的那个女孩名叫神崎绫香，昵称叫小绫。

丽子他们打开咖啡厅的门进入店内，呆呆站着的大泽正树似乎吓了一跳。"欢——欢迎光临！"他语气僵硬地迎接二人。

风祭警部就座后，马上弹响指头点餐："蓝山日吉特调——"

"长官！"丽子打断上司，为了避免无谓的支出，她亲自点餐，"请给我们三杯调和式咖啡。还有，可以帮我们叫神崎绫香小姐过来吗？"

"请稍等一会儿。"大泽正树露出松了口气的表情，退回厨房内。

过了几分钟，"让二位久等了……"手持托盘的娇小女服务生神崎绫香出现在丽子他们桌边。她把三杯咖啡端上桌后，立刻坐下问道："二位找我有什么事情吗……"

"其实我们想跟你确认一些事情。来，坐吧——啊啊，你已经坐下啦，那我就问了。昨晚十点左右，你在哪里，在做什么呢？"

"这是在调查不在场证明吧？关于松冈弓绘去世的事情，我刚才听大泽说了。"

然后神崎绫香才回答警部的问题。

"昨晚十点我在朋友的公寓，他叫高野道彦。没错，是朋友啦。他是这家店的常客，我们经常碰面，自然就熟起来了。"

"你知道他是松冈弓绘小姐的男朋友吗？"

"嗯，这我知道，不过我跟高野只是普通朋友。"

"喔，普通朋友会一起过夜吗？"

"咦？啊啊，高野是这么说的吧？"那就没办法了，神崎绫香点了点头，"是的，没错。直到早上为止，我都跟他在一起。"

丽子越来越困惑了。神崎绫香的证词，完美印证了高野道彦的不在场证明。那么，高野道彦是清白的吗？不，神崎绫香也可能故意帮他作伪证，其实他才是真凶。真相到底是什么呢？

神崎绫香无视陷入烦恼的两位刑警，接着说：

"两位刑警该不会是在怀疑高野吧？不是他喔，这我可以作证。不说这个了，我知道有个人，心底恨不得松冈弓绘去死。两位不想知道是谁吗？"

"咦，你说什么？"风祭警部表示出兴趣，"恨不得松冈弓绘去死？有人这么想吗？"

"有啊，那个人从很久以前就一直喜欢着大泽正树，可是大泽被甩了之后，还是对松冈一往情深。所以对那个人来说，松冈的存在很碍事。那个人就是——"

神崎绫香像是提防别人偷听似的压低声音说："是中泽。也在这家店打工的中泽里奈，她一定有问题……"

丽子和风祭警部听到这个意外的名字，不禁面面相觑。中泽里奈。绕了一大圈之后，杀人嫌疑又落到第一发现者头上吗？

5

刑警再度折回西国分寺的现场后，又花了几个小时在现场周边打听消息，只是一直到天黑他们还是没能获得新的线索。目前的嫌犯是大泽正树、高野道彦、神崎绫香，以及第一发现者中泽里奈这四个人。

"不过，我认为中泽里奈不可能喜欢大泽正树。毕竟供出大泽有嫌疑的不是别人，就是中泽里奈。"

"的确。可是事关人命，主动举发大泽正树就能够减轻自己的嫌疑，她也很有可能会选择这么做。"

在松冈弓绘家前面的大马路上，警部原本用严肃的语气讲述自己的意见，突然轻松地对丽子耸了耸肩。

"不过第一天的收获也算不少啦。明天再继续吧——不说这个了，宝生，今天是什么日子呢？"

噗！果然来啦。丽子绞尽脑汁思考着可以蒙混过去的办法，但她也明白假装不知道今天是几月几日是没用的。"今天是平安——"

"没错，是平安夜！"警部的声音提高一个八度，"是恋人们手拿着香槟酒杯与火鸡腿，在饭店的蜜月套房内互诉爱意的特别夜晚。咦，你说我的想法还停留在泡沫经济时期？放心，没问题的，我们'风祭汽车'直到现在也还处于泡沫经济全盛期呢。哎呀，不说这个了，其实今晚我为你订了最高级的法式餐厅，让我们暂时忘却杀人事件那些煞风景的现实，一起享受难得的平安夜如何？好，既然这么决定了，那就赶快坐上我的捷豹——嗯，捷豹？"

风祭警部涨红的脸一瞬间变得苍白，他双手抱头悔恨地大叫：

"完了！我今天把捷豹扔在家里了！"

"啊，请不要在意，警部，我自己搭公交车回去。"丽子干脆地说。她搭上在绝妙时机抵达的公交车，然后从阶梯上对警部行礼致意。

"等等，宝生，我也跟你一起走！"车门无情地在急忙想要上车的警部面前关闭，噗的一声将警部弹到路边。丽子心里非常感谢司机。

公交车开始行驶。丽子从最后方的窗户回头一看，只见警部正提起脚踹着路旁的砖墙呢。

十几分钟后，公交车抵达国立车站前。虽然离宝生家最近的公交车站还很远，但这里似乎是这班车的终点站，所以丽子只能无可奈何地下车。丽子松开绑起来的头发，拿下装饰眼镜，在人行道上迈开步伐。

令她不快的是，街上充满圣诞节的气氛。丽子越是认真去看，越觉得自己真是不幸缠身，所以她一边假装什么都没看见，一边在脑海里思考案件。

松冈弓绘的死是他杀还是意外呢？如果是他杀，凶手会是谁呢？凶手是怎么从现场逃走的呢？

"雪上没有留下任何痕迹，这是怎么做到的……是怎么做到的……呜！"

丽子思考得太浑然忘我，没注意看路，撞上一大团红色的东西。"对——对不起。"

丽子脚步踉跄地道歉。红衣圣诞老人——装扮成圣诞老人的高挑男子——迅速用双手扶好她。"大小姐，您没事吧？"

男子手拿广告牌，似乎正在路上贩卖蛋糕。"放心，我没事。"丽子摆着手说完后再度迈开步伐。"不行不行，走路要小心才行，"丽子做了个轻轻敲头的动作，"不过影山还真是辛苦呢，这种日子还要在蛋糕店打工吗？"

唉，影山光靠管家那份薪水大概无法满足生活上的所有开销吧。如果有价码好的打工机会，他当然会想要在平安夜抛下老爷与大小姐，选择打工，这也是可以谅解的——可以谅解个头啦！不，他为什么会在这里！

丽子猛然折回去，在钟表行前抓住圣诞老人。

"影山！你在这种地方——啊，对不起，我搞错了，"丽子向钟表行的圣诞老人道歉，然后抓住隔壁蛋糕店的圣诞老人，"影山！"

"哎呀，大小姐，您要来份圣诞节蛋糕吗？很便宜哟。"

"你在说什么啊，"丽子目瞪口呆地大叫，"现在不是卖蛋糕的时候啦！"

几分钟之后，在蛋糕专卖店"圣诞"店内一角的用餐区。

丽子和身穿圣诞老人装的影山正对而坐。气氛尴尬，冒着热气的咖啡隔开二人。远远眺望此处的幼儿园孩童指着影山说："啊，圣诞老公公在休息！"

"其实我染上了棒球签赌的恶习……"影山带着一本正经的表情啜饮一口咖啡，冷不防地说出这个重大秘密。

丽子嗅出犯罪气息，表情顿时紧张。不过影山却平静地接着说：

"我在立川的棒球打击场遇见了某个人，并和对方打了个赌。看谁最先打出全垒打，输的人要听从对方的要求，这是当时的约定。结果在这重要的平安夜，我落得必须到'圣诞'帮忙卖蛋糕的窘境，真是非常抱歉。"

"简单来说,就是蛋糕店老板很擅长打棒球吧,"丽子不禁叹了口气,搔了搔头发,"嗯——嗯,该怎么说呢?这好像跟我所知道的棒球签赌不一样呢。"

看来,刚才飘散于空气中的犯罪气息似乎是丽子的错觉。

"您放心了吗?"影山露出微笑,"话说回来,大小姐,您刚才说'现在不是卖蛋糕的时候啦',这话是什么意思呢?平安夜里,还有比卖蛋糕更重要的事情吗?"

"更重要的事情很多啊,"的确,现在最重要的还是今天的案件,"其实,发生了一桩奇妙的案子。今天早上不是积了雪吗——"

丽子详细叙述起上班途中遭遇的案件始末。影山也显露出兴趣,侧耳倾听丽子的话。远远眺望此处的幼儿园孩童指着影山说:"啊,圣诞老公公在瞎扯淡!"别开玩笑了,提供给影山推理的线索绝不是瞎扯淡,毕竟他过去曾屡次从丽子的话中看透案件的真相。

"原来如此,的确是桩不可思议的案子,"影山听完丽子的话后,啜了一口手边的咖啡,"没有留下足迹的密室,嫌犯有四个人是吧?"

"没错。或许还有其他嫌犯,不过,现在你先从这四个人开始思考吧。"

"遵命,"影山点了点头。然后立即说,"这起案件的重点还是在足迹上。凶手如何才能在巷子里不留下任何脚印,顺利逃走呢?"

"是啊，这点我也很纳闷。"

"不过只要再往深处想一想，事件就真相大白了。大小姐，您已经极为接近事件真相，不过自己尚未察觉到。"

丽子隐约感觉到自己被愚弄了，生起气来。"这话是什么意思啊？"

"大小姐应该还记得，松冈弓绘家里有些非常有意思的体育用品，比如收纳在阁楼上的滑雪板与雪地滑板等。大小姐对此应该多少有点在意吧。"

"的确，我对那些体育用品有点印象。"

丽子重新回想阁楼的景象。

"没错，仔细一想，滑雪板和雪地滑板似乎一定跟雪中的密室有关。比方说，穿着滑雪板走在雪上，这样就不会留下脚印了。影山，你觉得呢？"

"原来如此，原来如此，"影山深深地点了好几次头，"就像您所说的一样，只要穿上滑雪板，凶手确实就不会在雪上留下脚印了。不过，巷内的积雪仅有一厘米厚，滑雪通过的话，巷子里的雪会被压得乱七八糟。然而大小姐发现尸体时，通往现场的巷子里的雪是平整的。也就是说，尽管雪地滑板与滑雪板等工具确实耐人寻味，最终还是与事件没有任何关联。居然连这种事情都不懂——"

影山直直注视着眼前的丽子，以极为恭敬有礼的语气断言道：

"很抱歉，大小姐的脑袋实在是太单纯了，根本只是幼儿园孩童的水平。"

丽子喝着咖啡听他说话,没有任何防备,但一听到影山在此时冷不防说出"幼儿园孩童的水平",惊讶得将口中的咖啡喷向管家的脸。

这时,方才的幼儿园孩童跑过来,敲了一下影山的头说:"别瞧不起人!"接着幼儿园孩童"耶"地发出胜利的欢呼,随即一溜烟跑得不知去向。

影山茫然地掏出手帕,擦拭被咖啡泼湿了的脸。"请问,我是不是说了什么不妥的话……"

丽子默默取出手帕,优雅地擦拭着嘴角。她为了让心情冷静下来,拿手镜整理好乱掉的妆容,然后喝了一口水,慢条斯理地开口说:

"你说谁只有幼儿园孩童的水平啊!我可是以极优秀的成绩从极优秀的大学毕业的呢!别瞧不起人!"

丽子学幼儿园孩童那样作势打影山时,影山近乎滑稽地缩起身子。丽子看在这意想不到的反应上原谅了影山。现在更重要的是案件。

"滑雪板和雪地滑板与案件无关是吧?那你为什么提起来?说那些用具很耐人寻味的人是你呀,难不成你是骗我的吗?"

"不,很耐人寻味确实是事实。只是,那些工具看起来实在不能直接用来犯罪。不过大小姐,如果在这里停止思考,就得不到真相了。需要更进一步思考。"

"更进一步?什么意思?"

"只看眼睛能看得到的东西还不够,要想象出眼睛看不到的东西才能得到真相。您明白了吗？"

"不，我不明白，简直是一头雾水。"丽子像个功课不好的学生似的摇了摇头。

"重点在于大泽正树的证词。他是这么描述松冈弓绘的：'她对冬季运动样样精通，甚至热衷到自费买了全套相关用品。'大小姐，没问题吗？只有滑雪板和雪地滑板等用具，算是拥有了冬季运动的全套相关用品吗？您不觉得好像欠缺了什么重要的东西吗？"

"啊，听你这么一说——"

丽子总算也意识到了。听到冬季运动，绝大多数人第二个想到的都是那项运动，而松冈弓绘的阁楼上，却少了这项运动的用具。

"是溜冰吧。阁楼上有滑雪板跟雪地滑板，却没有冰刀鞋。"

"正是如此。可是根据大泽正树的证词，那些用具中应该有冰刀鞋。既然如此，为什么冰刀鞋不见了呢——"

"是凶手拿走了吧。也就是说，凶手为了偷走冰刀鞋，而下手杀害了松冈弓绘？"

"啊啊，大小姐，"影山用指尖轻轻推了推银框眼镜，叹着气说，"世界上有哪个家伙，会为了一双冰刀鞋不惜犯下杀人大罪？请您别说蠢话了。"

"喂！你这个人，真的一心想要被开除是吧？"

丽子放在桌上的拳头不停颤抖。"那我问你，是谁、为了什么目的拿走了冰刀鞋啊？"

"带走冰刀鞋的人,当然就是杀害松冈弓绘的凶手,他的目的是从被雪地包围的密室中逃脱。"

"嗯,你是说凶手穿着冰刀鞋走在雪地上吗?这行不通喔。雪上就算不会留下普通的脚印,还是会留下冰刀的痕迹啊。要是有这种痕迹,我在发现尸体时就会注意到了。"

"的确,大小姐说得没错。只像平常那样走在雪上,当然没有任何意义。那么,凶手是如何使用冰刀鞋的呢?说起冰刀鞋的主要特征,自然是鞋底有冰刀吧。这让我想到,通往现场的巷子里,除了大小姐与第一发现者中泽里奈的脚印外,还有另一道细长的痕迹。那就是松冈弓绘返家时骑脚踏车留下的胎痕。"

"巷子里确实是有一道胎痕……呃,凶手该不会是!"

"正是如此,大小姐。凶手以冰刀鞋的刀刃,巧妙地滑过细长的胎痕,要领跟在雪上走钢索一样。"

影山仿佛亲眼看见了现场情况,说道:

"巷子里积了一层薄薄的雪,从被雪封闭的密室玄关到大马路上,约有十米的距离,这段路上只留下了脚踏车的胎痕。凶手恐怕穿上了冰刀鞋,踩着谨慎的步伐,在胎痕上前进吧。凶手好不容易走出巷子,抵达大马路,然后迅速换上普通鞋子,把冰刀鞋藏在身上,就这样消失在夜晚的黑暗之中。所以现场的巷子乍看之下没有凶手留下的足迹。"

的确如此。脚踏车的胎痕宽度比人穿的鞋子窄,却比冰刀宽,所以冰刀鞋的刀痕混进胎痕里,很难察觉出来。这就是凶手的伎俩。

"可是，只要近距离观察胎痕，应该就会发现上面还重叠着一道冰刀鞋的刀痕，难道没有人发现吗？"

"在下雪的寒冷夜晚，谁也不会去注意那么细微的部分。在路过的行人眼里，那只是巷子里的一道胎痕吧。"

"原来如此，这倒也是，"丽子表示认同，"然后到了今天早上我观察那条巷子时，雪已经开始融化，胎痕下面棕色的地面已经露了出来，所以无法看出冰刀鞋的刀痕。因为找不到凶手的脚印，现场变成被雪冰封的密室，没错吧？"

"正是如此——说到这里，您应该已经知道了吧？"

"啊，知道什么？"

"凶手的真实身份。凶手必然是能够穿上被害人冰刀鞋的人，我们姑且从四位嫌犯当中来想吧，您认为大泽正树与高野道彦两位男性穿得下女性的冰刀鞋吗？"

"不，穿不下吧。虽然男性之中也有些人的脚跟女生一样小，但是那两人不在此列。大泽正树体格像运动员一样结实，高野道彦也长得很高，这两人的脚肯定都比一般人更大。"

"那么两位女性又如何呢？中泽里奈与神崎绫香两个人，穿得下被害人鞋子的会是谁呢？身材高挑的中泽里奈，与个头娇小的神崎绫香——虽然脚的大小不见得与身高成比例，但至少神崎绫香和松冈弓绘体格相近，而中泽里奈不太可能穿得下松冈弓绘的鞋子。"

"的确。可是，也不能就这样断定吧，硬塞的话中泽里奈说不定也穿得进去。然后，她又在第二天早上假装第一发现者，这也不无可能啊。"

"不，这不可能，"影山干脆地断言，"如果中泽里奈是凶手，却又假装是第一发现者，照理来说，她应该会把前一晚带走的冰刀鞋放回原位才对。毕竟她有这样的机会，没道理不善加利用吧。但是，冰刀鞋不在阁楼上，这证明中泽里奈并非凶手。"

原来如此，丽子点着头说。影山道出结论："从以上这几点看，杀害松冈弓绘的真凶，应该是神崎绫香。"

不过，这终究只是从这四位嫌犯来考虑的结论——影山补充说，然后他津津有味地啜饮着咖啡。

凶手是咖啡厅的女服务生神崎绫香，如果真是如此，就会出现好几处疑点。

所以丽子对影山丢出几个问题。

"事件当晚，高野道彦跟神崎绫香在一起，这是假的不在场证明吧？"

"正是如此，大小姐也是这么想的吗？"

"是啊，我从一开始就怀疑这个不在场证明了。不过，没想到那个轻浮男人居然会为了包庇神崎绫香的罪行而说谎，这还真叫人意外呢。"

"是啊。事实上昨晚十点左右，神崎绫香应该在松冈弓绘家吧。"

"神崎绫香是怎么去松冈弓绘家的？巷子里没有留下走进去的脚印，所以她是在大雪还没停之前，就到了松冈弓绘家喽？不过这样好像也有点奇怪。"

"大小姐，脚踏车这种东西，是可以双人共乘的喔。"

丽子经影山点醒才恍然大悟。

"照这样推论，晚间九点雪停了之后，两人骑一辆脚踏车来到松冈弓绘家。然后在将近十点时，两人起了争执。虽然这只是想象，但既然两人都跟高野道彦有深交，那么迟早有一天会爆发口角，这也不足为奇。而争吵刚好就发生在昨天晚上。"

"晚上十点，神崎绫香把松冈弓绘从阁楼上推了下去。"

"是的。松冈弓绘刚好撞着头部要害，当场死亡。神崎绫香急忙想要逃走，却突然想到，如果就这样在雪地上留下脚印离去，任谁都会怀疑松冈弓绘是遭人杀害的。反过来说，倘若她能不留下脚印就离去，松冈弓绘的死看起来就像单纯的意外事故。对凶手来说，当然是后者好。那么，有什么方法可以不在雪地上留下脚印呢？这时，她脑海里浮现出利用冰刀鞋的想法——大概就是这样吧。"

影山穿着圣诞老人装，就这样完成了解谜。根据他的推理，凶手的确很可能是神崎绫香，不过真相究竟是什么呢？只要先攻破高野道彦提出的伪造的不在场证明，就能一举揭穿得知真相吧。

无论如何，那都是明天的任务了，丽子先得过完今天这个夜晚。

"话说回来，影山，"丽子问，"你还要继续帮忙卖蛋糕吗？"

"是的。再卖掉五十个才能完成营业额。"

"是吗？我知道了，"丽子站起身来，"我也来帮忙吧，就当作是你帮忙推理的回礼。"

"这可不行，大小姐，我会被老爷骂的。"

"那就被骂吧，"丽子爽快地说，脸上露出微笑，"放心啦，我不会告诉爸爸的。再说，比起影山你拿着广告牌杵在店门口，我穿着圣诞老人装露出微笑，一定可以卖出更多蛋糕的。谁叫丽子妹妹那么可爱嘛。"

丽子双眼发亮，一副干劲十足的样子。她从很久以前就一直很想穿圣诞老人装。

影山无奈地大大叹了口气。

这天晚上，国立市的主要街道大学大道上，出现了一对圣诞老人。一位是个子很高、戴着银框眼镜的男圣诞老人，另一位是把红色迷你裙装穿得很漂亮的女圣诞老人。两人非常卖力，"圣诞"的蛋糕很快就卖完了——

第五部　头发是杀人犯的生命

1

国立市是个大家印象都不错的普通城市——在中央线沿线都市中，属于居民比较富裕的一个。国立市花柳家名气响亮，是个名副其实的资产阶级家庭。

毕竟"花柳家电"是西东京声名远播的家电连锁店，和山田家电、小岛家电竞争相当激烈。花柳家的宅邸坐落在一桥大学附近一处清静的住宅区内，散发出的豪气凌驾周遭低调的两层楼住宅区之上。高耸的红砖围墙与森严的大门，仿佛坚决抗拒着外人进入一般。

在新年气氛已然淡去的一月中旬某个早上。

长年服侍花柳家的帮佣田宫芳江用手背揉着惺忪的睡眼，独自走在朝阳照耀的走廊上。她正打算去厨房准备早餐。

走廊上冷飕飕的，整座宅邸鸦雀无声。这也难怪，虽说出太阳了，但也才七点刚过。花柳家的人基本上都晚起，作息健康正常、比帮佣还早起的人一个也没有。

田宫芳江突然心生一种奇怪的感觉，她在走廊上走到一半时停下脚步。

"怎么了呢？"她抽动着鼻子，窥探起周遭的情况。帮佣敏感的鼻子嗅到了什么东西烧焦的恶臭。

"谁在厨房里烤鱼……"

不过臭味的来源并非厨房,而且一大早根本不可能有人会在厨房烤鱼。她想到这里,更仔细地打量四周。这时,面向走廊的一扇门跃入她的视野之中,是会客室的门。那扇厚重的木制门开了一道小缝,焦臭味似乎就是从这扇门细微的缝隙中飘出来的。

"有谁在会客室里烤鱼……"呃,这怎么可能嘛。帮佣否定了自己后,开始思考合乎现实的可能性。"难不成发生了火灾?"

会客室里是有一个用来营造优雅氛围的壁炉,虽然实际上很少用来取暖,但壁炉终究是壁炉,在里面生火是绝对没问题的。

田宫芳江心中萌生自己讨厌的预感,立刻走向有问题的门前,程序化地在门上敲了几下。她见里头无人应答,马上把沉重的门完全推开。

拉上窗帘的会客室里,黑得跟深夜一样。田宫芳江往里头踏进一步,焦臭味好像更浓烈了。这个房间里肯定发生了什么异状,她这么想着,战战兢兢地绕到窗前,一口气拉开厚实的窗帘。会客室内突然充满晨光。

一瞬间,田宫芳江目睹了意想不到的情景,不由得啊地发出惊呼声。

放置在会客室中央接待用桌椅旁的那张沙发上,一位身穿纯白毛衣的女性,以正面朝上的状态安静地横躺着,不过她并非躺着休息,女性的胸前有片显眼的鲜红污渍,从那里滴落的红色水珠,在厚厚的地毯上蔓延出红色的地图,那肯定是从女性身体里流出来的血液。

田宫芳江吓得像根柱子一样伫立不动。

她的视线被女性面朝天的脸庞吸引住了。

毫无表情的苍白面孔清楚表明女性早已断气。尖尖的下巴，樱桃小口，细长的双眼，短得会让人误以为是男生的黑发——

田宫芳江勉强从喉咙里挤出声音来，呼唤某个人的名字。

"夏——夏希少爷……"

花柳夏希是这个家里的老幺，今年十九岁。他个性天真烂漫，人见人爱。他那原本应当光明无限的人生，就这么突如其来地落幕了吗？

田宫芳江不敢相信眼前的景象，以颤抖的双手掩住脸，转过身子，飞快地从会客室飞奔而出。"不——不好了，夏希少爷他——"

她刚跑到走廊上，背后突然传来呼唤她的声音。"芳江阿姨，怎么了？"

"咦？"帮佣吓得回过头去，"咦咦咦咦？"她看到站在眼前的人，又发出惨叫声，一屁股瘫坐在地上，"夏——夏夏——夏希少爷！为——为什么！"

站在那里的是一位留着黑色短发的人，他无疑就是花柳夏希本人。帮佣完全摸不着头绪，陷入轻微的错乱状态。"啊哇——啊哇——啊哇哇……"她就这样坐在地上，交替指着会客室的门与夏希。"夏——夏希少爷人在这里……那么那个人到底是谁……"

花柳夏希同样一脸莫名其妙，说道："芳江阿姨，你在说什么啊？"他往半开的会客室门内随便瞥了一眼。

"呜。"一瞬间，夏希的侧脸也浮现出紧张的神色，但他毫不畏怯地走到那位女性身边，近距离观察对方的模样。过了一会儿，他轻轻点了点头，冷静地道出事实："这个人是优子姐啊，优子姐死了。"

"咦？您说优子姐，是寺田优子小姐吗？"

田宫芳江不可置信地重新望向沙发上的女性。

寺田优子是花柳家的亲戚，也是夏希的表姐。她经常来花柳家玩，田宫芳江跟她也很熟。不过，田宫芳江过去从未把优子误认成夏希，这是因为寺田优子拥有一头长可及腰的美丽秀发，只消一眼就能分辨出她跟短发的花柳夏希。

可是，为什么呢——

夏希仿佛回答帮佣的疑问一般，异常惊讶地说：

"错不了的，芳江阿姨，死掉的人是寺田优子姐。可是为什么呢？为什么优子姐的头发被剪掉了？难不成这是杀人事件？头发被剪掉，也是凶手干的好事吗……"

2

宝生丽子坐在梳妆台前，盯着镜中的自己，把早上宝贵的时间浪费在没有胜算的瞪眼游戏上。丽子左手握着吹风机，右手拿着梳子——头顶上翘起了一撮叛逆的头发，她又梳又压，但它依然不屈不挠地主张自我的存在。丽子的这撮头发像正值叛逆期的中学生一样难以应付。不久，丽子厌倦了与毛发进行无谓的搏斗，把手中的梳子朝镜子扔出去时，手机响了。

"是，我是宝生……咦，花柳家……是，知道了，我马上过去。"

丽子结束通话后，对应该就在房门外待命的忠实仆人下令：

"影山，紧急出动！早餐不吃了，马上备车，把外套跟大衣拿来。还有——教我能够把睡乱的头发一瞬间抚平的方法！"

丽子离开镜子前，分秒也不敢浪费，迅速走出房间，前往宅邸玄关。在那里等着她的是位身穿笔挺西装的高挑男性，端正的脸庞给人一种知性而沉着的印象，很适合脸上戴的银框眼镜——他正是宝生家的管家影山。影山熟练地帮丽子穿上外套，并且将朴素的长大衣递给她。

接着，仿佛进入最后一道程序般。"请用，大小姐。"影山交给她一样跟当下情景格格不入的工具。

一把大剪刀。

一瞬间抚平乱发的方法就是这个吧。丽子来回看着递上来的剪刀与管家的脸。"我说啊，影山，我的头发可不是衣服上多出来的线头啊！"

丽子挖苦地狠狠一瞪，管家立刻惶恐地把剪刀藏在背后。

"真是非常抱歉，"影山若无其事地行了一礼后，开门护送丽子出门，"那么请您上车。"

不久，影山驾驶全长七米的礼车，从宝生家宅邸的大门出发了。

后座上的丽子尽管在意头顶的乱发，但还是像平常一样把头发束起，戴上装饰用黑框眼镜。一瞬间，宝生丽子从大小姐身份华丽地——不，是平凡地——变身为新人刑警。虽然内在还是一样，但外表却给人一种拘谨朴实，还有一点点聪明的印象。

国立市警署的同事们只认识变身后的丽子。不知道为什么，竟没有人发现她就是巨型财团"宝生集团"总裁宝生清太郎的千金。对于想要以一介警官的身份恪尽职责的丽子而言，这倒也正好。不过再怎么说，这些人也未免太迟钝了吧，对美女没兴趣吗？丽子偶尔也会对此感到不满。女人心真是复杂啊。

无论如何，千金刑警的真实身份似乎在短时间内还不会曝光。

"话说回来，大小姐，花柳家发生什么重大案件了吗？"

影山一边将轿车开往国立市市中心一边问道。

"听说宅邸内发现了年轻女性的尸体，看来是起杀人事件呢。"

"啊啊，果然……"影山遗憾地摇了摇头，"我从很早以前就担心了。近年来花柳家纠纷不断，大当家花柳贤治遭遇交通事故过世后，花柳家的乱象让人简直看不下去。有人说花柳家迟早会发生比交通事故更糟糕的事情什么的，诸如此类的谣言时有耳闻呢。"

"喔，这些谣言是谁告诉你的？"

"哎呀，您不知道吗？大小姐的父亲宝生清太郎对于其他名流显要的小道消息爱得要死，这已经是众所皆知的事了。"

父亲那种低俗的兴趣让女儿羞愧得要死。"父亲也真是的……"

丽子在后座上缩起身子接着说：

"不过，最近花柳家确实很混乱。起因是外遇风波，早已过了花甲之年的花柳贤治迷上了从事特种行业的女人。因为这个，他和妻子花柳雪江的不和公开化了。就在争执越演越烈时，贤治本人突然被卡车撞倒去世。"

"是的，这是不到一个月之前的事情。"

"酒醉的贤治不慎跑到路上，引发交通事故。警方是这么判断的，但实际情况又是如何呢？我听过一种说法：贤治对陷入胶着状态的爱恨人生感到厌倦，于是自己冲到卡车前方。不过他死后更大的问题来了。贤治的外遇对象伊藤芙美子突然闯进花柳家，拿出重新撰写的遗书，主张'我也有权利继承花柳贤治的遗产'，然后，今早花柳家终于发生了杀人事件——啊啊，真是的，接下来他们家到底会怎么样啊？是不是叫人很想知道啊，影山？"

驾驶座上的影山见丽子寻求同意，露出一抹刻薄的笑容。

"大小姐好像也很喜欢听名流显要的八卦呢。血缘果然是骗不了人的。"

"我——我才没有呢，"丽子连忙辩解，"我是基于职业上的关心。别把我跟父亲混为一谈。"

"真是非常抱歉，"影山微笑着点了点头，"话说回来，大小姐，花柳家就快到了，怎么办呢？要直接停在警车的——"

"别说傻话了，影山。要是开着凯迪拉克停在案发现场，那我不就跟风祭警部一样了吗？行了，在这里放我下车吧，接下来我自己走。"

丽子在快要到花柳家的地方下车。影山低下头说："祝您工作顺利。"然后目送丽子离去。丽子游刃有余地挥手说着"包在我身上",便意气风发地摇曳着大衣下摆,朝花柳家迈开步伐。

3

警车接连停到花柳家大门口,丽子斜眼确认那辆厚着脸皮停在警车车队前的银色捷豹。极端爱好英国车的上司,似乎早一步抵达现场。丽子小跑步穿过大门,踏进宅邸内。

这时她背后突然传来了某人的声音:"早啊,小姑娘!"

不,不是某人,全世界只有一个人会在杀人现场这么称呼丽子。丽子回头一看,不出所料,眼前那个露出微笑、身穿白色西装的男子,正是国立市警署引以为傲的超级精英,同时也是丽子的直属上司风祭警部。他的真实身份是知名汽车制造商"风祭汽车"创始人的公子。这点不光国立市警署的警察知道,连在多摩地区活动的大多数罪犯也都知之甚详。

"啊,我来晚了,长官。看来又是杀人事件呢。"

"嗯。自从我跟你搭档以来,国立市警署辖区内的杀人事件好像突然变多了呢。我想这应该纯属偶然啦,不过数据还真是令人不快——嗯?"

突然间,风祭警部仿佛发现了什么重要的东西一般,皱起眉头把脸凑近丽子。

"怎——怎么了吗?警部,我——我的脸上有什么——"

"不,不是脸,"警部指着丽子的头说,"宝生,你头顶冒出了一撮怪毛呢,还是说这是现在流行的发型?"

"不——不是！这才不是怪毛！不要指啦！"

丽子为了避开警部肆无忌惮的手指，拼了命地按着头。刚才真该心怀感激地使用影山递给自己的剪刀，事到如今丽子后悔地想到。

"不说这个了，长官，关于本次事件——被杀害的是谁呢？花柳雪江，还是伊藤芙美子？"

"哎呀，你果然也是这么想啊。其实我也是这么想的。"

警部在走廊上缓缓迈开脚步。"考虑到最近花柳家妻子与情人的敌对关系，会这么想也不无道理。不过很遗憾，被杀害的不是妻子也不是情人呢。"

"长官，从您的口气听来，您好像对于妻子和情人没有被杀死感到很失望啊。"

"喔，是这样吗？哎呀，你误会了，"警部不以为意地接着说，"被害人是名叫寺田优子的女大学生，她是花柳雪江的外甥女。详细情况还不清楚。总之，先去看看尸体吧。"

不久，两位刑警抵达位于走廊尽头的会客室。室内配置着皮革沙发、黑檀木桌子、橱柜等家具，给人一种庄重沉稳的印象，墙边的壁炉营造出格外优雅的气氛。

被害人寺田优子的尸体横躺在沙发上。警部立刻走过去，从头到脚仔细地观察过尸体后，自顾自地说起任谁一眼都能看清的事实。

"你看，宝生，被害人胸口有疑似利器造成的伤痕，凶器恐怕是刀子之类的东西，而且是从正面刺中死者的。视线可及之处不见其他外伤，所以这应该就是致命伤。尸体周遭没有看似凶器的物体，也就是说，凶手将凶器带走了。嗯——从眼前的情况来看，这无疑是一起杀人事件。"

废话，连小学生都看得出来吧。精英刑警一本正经地说出这种推理，不觉得丢脸吗？警部也许看到了丽子冷淡的反应，但仍旧毫不畏缩地注视着她的脸继续说。

"宝生，你发现了什么对吧？再小的事情都没关系，不要客气，尽管说吧。"

"是，那我就恭敬不如从命了，"丽子提出警部的重大疏漏，"关于被害人头发被剪掉这一点，你注意到了吗？"

"嗯，头发？"警部的眉毛瞬间弯成八字形，他将视线转向尸体头部，"呃，她原本不是这个发型吗？"

"不是！"丽子用指尖推着装饰用眼镜断言道，"年轻女性不可能顶着这种剪得像狗啃过的短发走在路上，这一定是凶手用剪刀之类的工具胡乱咔嚓咔嚓剪掉的。"

"原……原来如此……怪不得我觉得发型不太适合她。"

不，问题不在于合不合适，而是凶手为什么要这么做啊。

"犯人的目的是什么？为什么凶手要剪掉被害人的头发呢？"

对于丽子的这个认真的问题，风祭警部"嗯——"地沉吟起来。然后警部盘起双臂，目不转睛地凝视丽子的头，正颜厉色地低声说："凶手会不会是想要修掉乱翘的头发呢？"

警部，你再提起这件事情，我真的会揍你喔。

丽子威胁似的狠狠瞪了警部一眼，对方似乎也察觉到她在释放什么信息。风祭警部抖了一下背脊，立即转换话题。

"总——总之，先找第一发现者问话吧。关于剪去尸体头发的杀人魔是谁，说不定能问出一些眉目呢。"

于是，第一发现者——帮佣田宫芳江被叫进会客室。

身穿围裙的田宫芳江是个白发很明显、已过中年的女性，她表情丰富地对两位刑警讲述发现尸体的经过，以及她当时有多么震惊。帮佣讲话时并未吞吞吐吐，丽子觉得她很老实地说出了事实。

听完供述之后，风祭警部马上就感到疑惑的地方对田宫芳江提出问题。

"寺田优子小姐是雪江夫人的外甥女，换句话说，她是花柳家的亲戚。为什么她会在这座宅邸里遭到杀害呢？她昨晚住在这里吗？"

"不，优子小姐昨晚并未住在这里。其实我也觉得很奇怪，优子小姐为什么会在这座宅邸里呢？我并没有听说优子小姐过来啊。"

"嗯，所以被害人是在谁也不知道的情况下潜进屋里，或是宅邸里的谁私自带她进来，然后深夜在会客室里偷偷杀了她。原来如此，原来如此——"

接着警部问起被害人的发型。

"寺田优子小姐留着一头及腰长发，所以凶手剪掉了她的头发，是这样吧？"

"是啊，错不了的，刑警先生。"

警部起了个头，田宫芳江立刻接话。

"优子小姐的头发被剪得乱七八糟，我一开始看了都没认出她来。优子小姐的头发是非常美丽的黑色长发，她走在路上时，男人们会忍不住回头欣赏。现在她的头发居然被糟蹋成那样子，凶手真是太狠毒了，绝对不可原谅。"

田宫芳江一副愤慨难平的样子。不过她的怒火不像是针对寺田优子遭到杀害一事，她是在气凶手把女性头发剪掉这种行为。那一头长发大概真有那么美丽吧。凶手的动机也许特别出乎意料，是什么动机呢？世界上有很多男性对女性的头发有异常的感受——

丽子想到这里时，风祭警部自信满满地开口了。

"凶手是男性。世界上有很多男性对女性的头发有异常的感受。凶手是有恋发癖的男性，宝生，你不这么认为吗？"

呃——其实我刚才就是这么想的……

不过就在警部征询她同意的瞬间，丽子改变观点了。事情不是这样的。她会改变观点并没什么特别的理由——虽然没有根据可言，但是丽子从过去的经验学到，跟风祭警部背道而驰的想法，往往离真相更近一些。既然警部说凶手是有恋发癖的男性，那么真相就一定不是这样。凶手不是个有恋发癖的变态，犯案动机应该跟头发无关。

田宫芳江仿佛支持丽子的想法，对警部提出建言。

"我想凶手应该不是想要优子小姐的头发。"

"咦,为什么你会这么说呢?男人全都有恋发癖喔。"

不是全部吧,警部的脑子里还真是充满偏见。

田宫芳江不以为意地接着说道:

"我为什么会这么说,您没有闻到吗?这间会客室里飘散着一股焦臭味,而且臭味似乎是从这座壁炉里冒出来的——"

说着说着,田宫芳江走到墙边气派的壁炉旁,伸手往里面一指,白色灰烬里混杂着漆黑色的灰烬。如果只看那些黑色的灰,它们简直就像是一条黑蛇在壁炉中翻腾。丽子马上就想到那团灰烬本来是什么了。

"这是头发!凶手把被害人的头发剪下来,丢进壁炉里烧掉了!"

"是的,我也这么认为。如果凶手是想得到优子小姐头发的男性,他不可能把头发剪下来当场烧掉。"

她说得没错,凶手并不是迷恋被害人的头发。事实刚好相反,凶手剪下美丽的头发后当场就烧掉了。这种行为可视为对女性最大的亵渎,凶手会是对寺田优子的美丽长发感到异常嫉妒的女性吗?光是杀了她还不满足,甚至做出损毁尸体头发的行为。这样的推理说得通。

丽子想到这里时,风祭警部又多嘴了。

"凶手是女性,是异常嫉妒寺田优子美丽头发的女性,宝生,你不这么认为吗?"

是啊,我确实这么想过。就在警部开口之前。

她没办法再和警部朝相反方向思考了。现在通往真相的快捷路径已经封闭，凶手是男是女的概率各一半。

4

不一会儿法医赶到现场，进行验尸工作。根据法医的观察，寺田优子的死是因为失血性休克。致命伤是刺在胸口上的一刀，凶器为利器——匕首或菜刀之类的东西。从尸体的僵硬程度来看，死亡时间推测为凌晨一点前后。关于被剪掉的头发，法医并没有提出什么特别引人注目的见解。

"总之，既然现场是花柳家的会客室，我们当然要怀疑花柳家的人。"

风祭警部的调查方法非常简单。丽子不知道这么简单是好是坏，但也只能点头。

"贤治过世了，现在还住在这座宅邸里的只剩妻子雪江还有两个孩子。听说这两个孩子已经二十来岁了。怎么办呢？要先找雪江夫人来问话吗？"

"不，先从孩子开始吧。我尤其想跟帮佣供词中提到名叫夏希的女孩子谈谈。我只听帮佣的一面之词，实在难以定论……"

于是两个孩子一起被叫到刑警面前，地点是贤治曾当作书斋使用的房间。两人一脸紧张地来到这个房间，然后照被问及的顺序，说出姓名、年龄以及职业。

"花柳春菜，二十三岁。刚进社会一年，在'花柳家电'总公司的总务处上班。"

"花柳夏希，十九岁。在本地就读大学，可是并不是一桥大学——为了慎重起见，先说一声。"

春菜与夏希都拥有白皙的肌肤与端正的五官。春菜留着普通的短发，发尾与脖子的发际线齐平。而夏希留着男孩子气的短发。除发型不同外，两人长得神似，一眼就能看出继承了相同的血统。

警部面对眼前的这两人，端正的侧脸浮现困惑之色。

他对夏希的应答感到不满吗——不对。警部把自己的脸凑近夏希那张完美无瑕的漂亮脸蛋，不客气地问道："你是女孩子吧？"

花柳夏希像是被惹怒了似的，粗鲁地回答："我是男的。"

"喔！"警部惊慌失措地瞪大眼睛，"真——真的吗？"

"嗯，是真的，"姐姐春菜回答道，"就我所知，夏希从小时候起就一直都是男孩子，他从来没有变成女生过。所以夏希不是我的妹妹，而是弟弟。刑警先生，您明白了吗？"

这个姐姐居然这么有条有理地解释这个荒谬的问题，看来是个有点奇怪的人。

"原……原来如此。他的确是个男的……"不过警部依然带着半信半疑的表情，"宝生，帮佣没说是女孩子吗？"

"不，听您这么一说，帮佣好像的确没说清楚是男生或女生。不过，我原本也以为小夏一定是个女孩子。"

"不要叫我小夏。不管怎么看，我都是个男的吧。瞧，我头发这么短，声音也很粗，朋友都说我拥有迷人的低沉嗓音呢。"

夏希右手抚摸着短发，表达强烈的抗议。不过他的声音并没有他自己说得那么粗犷，以男性来说，他的声音算比较尖锐的，五官则显然很女性化。难怪田宫芳江刚发现头发被剪掉的被害人时，会贸然断定死者是夏希。

丽子点点头，风祭警部也频频用力点头，好像在说"我懂了"。

"其实我在听帮佣叙述时就觉得不太对劲。夏希看到尸体后，好像太冷静了。一般而言，年轻女性在那种情况下不是都会尖叫一下吗？可是，既然夏希是正在念大学的男生，那就说得通了。"

不过，所谓男生看到尸体不会感到惊慌失措，这仅仅是警部的偏见罢了。夏希之所以能保持冷静，是因为事先就知道那里有尸体了。换言之，她——更正——他才是真凶。这种推理也说得通。

丽子慎重地考虑各种可能性，警部则非常随便地转换了话题。

"话说回来，被杀害的寺田优子小姐，跟你们是表亲关系吧？"

"是的，优子的母亲是家母的妹妹，"春菜非常清楚地解释道，"我们从小就经常去对方家里玩。可是，优子的双亲大概在两年前发生交通事故，双双过世……"

"在那之后，优子姐就自己一个人生活了，"夏希接着说，"所以对优子姐来说，现在我们就像她的家人一样。她经常来我们家一起吃饭，或是相约出去玩。没想到居然会发生这种事情……"

"原来如此。那么寺田优子小姐在深夜时分造访花柳家，也不是什么稀奇的事喽？"

姐弟俩互看了一眼，摇了摇头。

"不，她没有在深夜时来过。"

"我也没印象。"

"那么，寺田优子小姐昨晚为什么会来宅邸呢？"

"大概是来找谁吧。""你是指谁啊？""比方说姐姐。""不对喔，不是找夏希吗？""不是我啦。""也不是我啊。""那就是找妈妈了。""是这样吗……"

寺田优子何时出现在宅邸里，又是为了什么而来？春菜与夏希的对话在这方面始终含混不清。警部又换了个话题。

"那么，方便告诉我寺田优子小姐的为人如何吗？比方说，有没有人对她怀恨在心呢？"

"您别说笑了，优子怎么可能遭人忌恨呢。优子人如其名，是个非常温柔善良的好人，大家都喜欢她，夏希，对吧？"

"嗯嗯，没错。优子姐是个很普通的大学生，不可能有人恨她恨到想杀了她。"

"喂喂喂，"警部听了春菜和夏希的话，夸张地耸了耸肩说，"因为是很普通的大学生，所以不会招致怨恨？因为是个好人，所以讨人喜欢？那可未必喔。事实上，我大学时代也很普通，除了双亲很有钱，长相又帅气之外，就没有特别值得一提的地方了。此外，我还是个性格无可挑剔的大好人，可是怨恨我的男人多到十个指头都数不清呢，这世界就是这么可怕啊。"

丽子傻眼到什么话都说不出来了。

不止谈论现在，风祭警部旧事重提时也总会加入吹嘘与谦卑，可以拿来嘲笑的地方实在是太多了。春菜和夏希大概觉得是在听某种无法理解的空谈吧。

继续让警部说下去恐怕有损国立市警署的威信。丽子往前踏出一步，对美人姐弟丢出程序化的问题，也就是所谓的不在场证明。

"凌晨一点左右，你们在哪里，在做什么呢？"

犯罪调查中这不可或缺的一环，恐怕没有多少人能拿得出像样的答案。要是有的话，那家伙肯定是事前就准备好不在场证明的凶手。结果不出所料，春菜和夏希心有灵犀似的同时摇摇头。

"那时候我一个人在房间。"

"啊，我也睡得很熟。"

他们并没有拿出什么假造的不在场证明，从这个角度看，两人都是清白的吧？不不不，这样也未免太武断了。丽子继续慎重地寻求线索。

"我想你们应该也发现了，寺田优子小姐的头发被剪得乱七八糟。凶手为什么这么做，你们有没有什么头绪呢？"

两人对这个问题会有什么反应呢？回答是有恋发癖的男性干的，还是回答嫉妒亮丽秀发的女性干的？丽子兴致勃勃地等待两人的答案。不过春菜沉思了一会儿后，投降似的摇了摇头。

"不行，我完全想不出来。"

"啊！"同样陷入思考的夏希大叫着抬起头来，在丽子与风祭警部面前理直气壮地说：

"该不会是实习美发师拿去当作练习材料了吧？"

这怎么可能嘛！春菜响亮而不屑的声音直冲书斋的天花板。

风祭警部像是想起什么似的说：

"对了，你们有寺田优子小姐生前的照片吗？有的话请借我们一张，毕竟我们没见过头发被剪掉之前的她。"

"没问题，优子姐的照片我有很多。"

夏希响应警部的请求，马上跑出书斋。夏希再度出现在丽子他们面前时，手里拿着一本笔记本大小的相簿，他在桌上摊开相簿。

"哪张好呢……这张如何？这是今年过年期间大家一起去湘南海边兜风时拍的照片。拍得很好吧？"

在风和日丽的晴空下，优子背对严冬的海洋，微笑着比出胜利姿势。还有几张照片是在同一个地点拍摄的，每张照片里优子都是正面向前。不过警部却不知为何不甚满意地摇了摇头。

"脸部入镜自是当然，不过我想要同时拍到长发的照片，从头顶到发尾全都要拍进去。"

简单来说，警部希望同时看到脸和背部。丽子不由得叹了口气。

"警部，怎么可能会有那么凑巧的照片——"

"不，可以找到这种照片，"夏希一边把相簿往回翻，一边说，"瞧，这张怎么样？这是去年秋天拍的。"

丽子把脸凑近夏希手指着的照片，地点似乎是大学校园，从背后摆着的炒面摊可以看出这是游园会。寺田优子背对着相机，回头朝镜头露出微笑。垂落背部的丰盈黑发，在柔和秋阳的照射下闪闪发光。脸有点偏斜，但要想将脸与头发同时收进取景框里，这种回眸一笑的姿势是最自然的。

寺田优子似乎很喜欢这个姿势，以同样姿势拍摄的照片还有好几张。

"这就是被害人生前的样子啊。真的是很漂亮的头发呢……我就借用这张了。"

警部若无其事地将挑选出来的照片收进口袋里。"请不要拿去做奇怪的事情。"夏希谨慎地叮咛说。

"什么奇怪的事情？"春菜疑惑地歪着头。

5

风祭警部结束了对春菜与夏希的询问后，命令正在走廊上待命的巡警："把花柳雪江带来这里。"在等候夫人抵达的这段时间内，警部像是一只嗅闻着猎物气味的鬣狗一般，烦躁不安地在书斋内走来走去。

"寺田优子在花柳家遭到杀害。这个花柳家丑闻不断，贤治的遗产纷争正闹得如火如荼，这次事件肯定跟一连串的纠纷脱不了干系。宝生你也是这么想的吧？"

"这个嘛，"丽子不太确定，只好谨慎地说，"寺田优子是花柳雪江的外甥女，跟遗产的继承问题没有直接关联吧？杀了她，有谁会得到什么好处吗？"

"应该有能够从中获得好处的家伙吧。算了，问过雪江夫人后一定能知道更多信息。噢，好像来了。哎呀，久候大驾，来，快请进——"

哐啷——雪江夫人不等警部说完，就把门打开，迅速踏进书斋。这里是自己家，没必要受到任何人的指挥，雪江夫人仿佛想

这么说似的,表现出一副高贵严肃的态度。她一走到刑警面前,便突然语气强烈地断言道:

"凶手是那个女的。刑警先生,请立刻逮捕那个女人。"

雪江夫人瞪着警部的脸。她身穿白色高领针织毛衣,米色裙子,虽然装扮简单朴素,但言谈中却有股不容分说的魄力。

"请——请冷静一点,夫人,"警部被夫人的气势逼得节节败退,"您说的那个女人,难不成是伊——"

"伊藤芙美子,"雪江夫人打断警部,一口咬定说,"刑警先生,还会有其他人吗?"

"不,我大概明白夫人想说什么。可是夫人,杀人案发生在深夜,发生在花柳家会客室内。伊藤芙美子是外人,要犯案恐怕很困难吧——"

"一点都不难。"雪江夫人又打断警部。

看来,她似乎是不容他人申辩的那种人,警部脸上明显露出不快的表情。不过夫人却丝毫不以为然,继续说自己的意见。

"伊藤芙美子和我老公有一腿,她或许早就拿到了这座宅邸的钥匙,也有可能拿着我老公的钥匙偷偷复制了一把。有了钥匙,想趁夜里溜进来是很简单的事情。刑警先生,难道不是吗?"

"话——话是这么说没错,可是为什么呢?伊藤芙美子溜进宅邸里杀害寺田优子的理由是什么?没有动机的话——"

"要动机的话——"

"她有什么动机啊!"这次是警部打断夫人。

警部,你干吗起这无谓的斗争心啊?打听案情可不是"打断对方比赛"呀。丽子对警部无可奈何，开口冷静地询问夫人：

"关于伊藤芙美子杀害寺田优子小姐的动机，您想到什么了吗？"

雪江夫人并没有回答，而是转身和两位刑警拉开一点距离。这是怎么一回事？丽子与警部面面相觑。夫人在两位刑警眼前摆出回眸一望的姿势，朝两人露出妖艳的笑容。"怎么样啊？"

老实说，她这个问题真的让人不知所措。就在刑警们犹豫着不知该作何反应时，雪江夫人收起微笑，不耐烦地发出尖锐的叫声：

"我是问，看了我的背影后有没有想到什么。你们还不明白吗？我也有一头美丽的黑色长发，如果只看背影的话，我怎么看也不像是五十几岁的人吧，被误认为二十几岁的女孩也不为过，不是吗？"

"咦，啊啊，原来是这个意思啊，呃——"警部拨弄着刘海，面露困惑之色，"这个嘛，喂，喂，宝生，你怎么想呢？"

"啊？"你太狡猾了吧，警部！居然让部下回答这种不知道该怎么回答的问题——

丽子尽管心怀不满，还是拼了命地思索着不会伤害任何人的最佳答案：

"是——是啊，的确很像二十几岁的人。"

到底看起来像还是不像，丽子本人都搞不清楚了。"这又怎么了？"

"什么怎么了，答案已经很明显了，"雪江夫人再度转向刑警，怒气冲冲地说,"伊藤芙美子把寺田优子误认成我,杀死了她。"

"什——什么?"风祭警部一瞬间大吃一惊,然后马上点了点头,"嗯,所以是误杀吗?原来如此,姑且不说脸,如果只看到背影,这也不是不可能的事情。"

"刑警先生,您该不会是故意说出这种失礼的话吧?"

雪江夫人透过眉间皱纹表现女性的自尊心,同时继续自己的推理:

"伊藤芙美子想要杀我,所以使用备份钥匙趁夜溜进宅邸。然后,她大概碰巧遇见了寺田优子吧。宅邸里只有一位长发女性,心怀仇恨的伊藤芙美子把寺田优子的背影误认成我的,在会客室里刺杀了寺田优子。她把人杀死之后才发现搞错了,但一切已晚——刑警先生,怎么样啊?"

雪江夫人表现出挑衅的态度。风祭警部耸着肩膀回答:

"您的意见确实很有趣,但是有几点我无法理解。第一点,为什么凶手要剪掉被害人的头发呢?"

"这当然是扰乱查案的手法啊。"

"原来如此。那么还有另一点,假设这件案子是误杀,那么,伊藤芙美子真正的目标就是雪江夫人您了。不过,我不认为伊藤芙美子杀害您会有什么太大的意义。如果伊藤芙美子持有的遗书是伪造的,那么终究发挥不了作用。反之,如果那份遗书具有法律效力,不管您是生是死,她都能继承贤治先生的财产。无论如何,她杀害您并没有什么意义,不是吗?"

警部难得提出合情合理的意见,不过雪江夫人却露出失望的表情。

"杀人不需要什么意义,"她极力坚持己见,"那个女人对我恨之入骨是事实。难道说,刑警先生您想袒护那个女人吗?"

"不不不,我绝无此意。当然,我们也知道,伊藤芙美子是重要的嫌犯之一。"

等到警部和雪江夫人的唇枪舌剑告一段落,丽子插嘴提出程序化的问题:

"不好意思,请问夫人您凌晨一点时在哪里,在做什么呢?"

听了这个问题后,雪江夫人表现出大致合乎丽子想象的反应:"居然怀疑起我来了。"接着,她气到表情扭曲地说:

"凌晨一点我在床上。大半夜里,怎么可能会有不在场证明啊。"

"这也难怪,"丽子点了点头,"话说回来,最近寺田优子小姐身边有没有发生什么怪事呢?不管您察觉了什么,请尽管说出来。"

"怪事啊,"雪江夫人注视着空中沉思了一会儿后,便慢条斯理地开口说,"这么说起来,优子是不是交了男朋友啊?"

"男朋友?为什么您会这么想呢?"

"因为她最近发型稍微变了,好像烫成了大波浪之类的,而且发色好像也变成偏茶色了。虽然那是别人察觉不出来的微小变化,但可骗不了我的眼睛。那一定是为了配合她男朋友的喜好。"

错不了的,雪江夫人擅自下了定论。不过,丽子从未因为男友的喜好而改变过哪怕是一条眉毛的造型,所以实在无法理解夫人所说的话。

6

丽子与风祭警部把花柳家的相关人员全都找来问过话了，不过问话并未就此结束。还有一个无论如何都得询问的人物：伊藤芙美子。

"听说她一个人住在贤治在中野区买给她的公寓里。长官，要去看看吗？我明白了，那么我们这就坐车……不！不是长官的捷豹，是便衣警车！"

丽子一点都不想坐上象征这位肉食系上司的捷豹。丽子迄今一次都没有坐过，她甚至还觉得，一坐上去就等于输给他了。

结果他们就照丽子的意思，坐一般的便衣警车前往中野区。

中野是以中野百老汇而闻名遐迩的热闹城镇，与西边的秋叶原并列为人气景点。不过，来自外县市的人很难找到这个中野百老汇的位置。"那究竟是多么热闹的一条大道啊？"怀抱着这种想法的人绝对找不到那里。中野百老汇并不是一条路的名字，而是一栋商业大楼。

惭愧的是，丽子是在当上警官之后才发现了这个事实。不过这也难怪，毕竟丽子只知道正统的纽约百老汇。东京的中野百老汇居然是栋热闹到人挤人的大楼，千金大小姐很难想象这种事情。

除了热闹的商业大楼，中野还有数不清的拉面店。该说完全不出刑警所料吗？伊藤芙美子所住的公寓的一楼也开着拉面店，丽子他们闻着猪骨高汤的浓厚香气，来到嫌犯所居住的三楼一户公寓前。他们按了好几次门铃,但没人回应,看来没人在家。两人无可奈何地随便晃进一楼的拉面店收集信息。

警部对正在厨房里切葱的老板问道:"你认识伊藤芙美子吗?"

老板突然举起菜刀,指向角落的位子。

"喏,坐在那儿的就是芙美子啊。"

坐在那里的是个撩起长发吸着盐味拉面的苗条女性,她身穿黑色毛衣和窄管牛仔裤,虽然打扮朴素,但五官端正,算得上美女。发色是偏金黄的茶色,长度跟雪江夫人差不多。

"我们是国立市警署的人,你是伊藤芙美子小姐吧?"

风祭警部提问后,她嘶嘶地爽快吸了一口面,然后用英语应了一声"是的"。刑警们在疑犯面前的位子坐下,隔着一个碗,与她面面相对。芙美子用汤匙品尝着高汤的滋味,刑警们的突然造访,似乎并未令她惊讶。

"花柳家发生了杀人事件对吧?我在新闻上看到了,不过那跟我无关。被杀死的女人叫什么来着?反正是我不认识的女人。"

"寺田优子。她是雪江夫人的外甥女——就是这个女孩。"

警部递出跟夏希借来的照片。芙美子瞥了照片上的长发美女一眼后便沉默下来。她目不转睛地注视了照片好一会儿,不过最后却摇了摇头。

"我不认识这个女人。虽然我好像在贤治先生的葬礼上见过她,但应该没跟她说过话。我杀了这个女人能得到什么好处吗?"

芙美子滔滔不绝地为自己辩护完后,再度豪爽地吸了口面。"哎,刑警小姐,你说是吧?"她向丽子寻求同意。

丽子当然不能点头回答"是啊,没错",因为雪江夫人所宣称的误杀的可能性依旧存在。所以丽子开门见山地问:

"昨晚凌晨一点左右,你在哪里,在做什么呢?"

对于这个问题,花柳家的人的回答都很普通:"在床上睡觉。"不过伊藤芙美子毕竟是个做过特种行业的女人,她给了个不太一样的答案。

"昨晚凌晨一点,我应该是在中野区的哪里跟谁一起喝酒吧。不过我喝太多记不得了,等到清醒过来,我已经在自己房间的床上了。我一直睡到刚才,现在正在吃早餐——虽然已经是中午了。"

芙美子说完后又吸起不知该算早餐还是午餐的拉面。花柳贤治究竟是觉得她哪里有魅力呢?丽子现在突然感到好奇。

"简单来说,就是没有不在场证明对吧?"丽子再度确认。

"没有,"芙美子立刻回答,"可是那又怎么样?刑警们真的怀疑我吗?别开玩笑了。为什么我要——啊啊,我知道了,刑警们一定是被花柳家那些家伙怂恿了吧。说我坏话的家伙究竟是谁?算了,我大概也猜得出来,是雪江老太婆,还是春菜呢?"

"嗯?"风祭警部对芙美子的话有了反应,"为什么你会提到春菜小姐呢?"

丽子也觉得她很唐突,满怀好奇地等待她解释清楚。芙美子像是在吊刑警胃口似的,往嘴里塞了一片叉烧肉后,才道出原委:

"那是去年十二月的事情,春菜突然跑来我家大吵大闹。那是我们第一次见面,她在玄关劈头骂我是偷腥的野猫。我不回话,她就自顾自地骂个不停。'快和爸爸分手''妈妈好可怜''你一定是看上我们家的财产吧''贱货''你这个婊子!',什么话都说出来了。"

"嗯——又是贱货又是婊子啊,真是太过分了。"

警部后仰身子表示惊讶。

"那么之后怎么样了?你把她赶回去了,还是揍了她一顿?"

"我怎么可能这么做嘛!"芙美子握拳咚地敲了一下桌子,"我当然是想赶她回去啊,可是她怎么样也不肯离开。就在我们僵持不下时,春菜的手机响了。她一接起电话,脸色马上变了。她结束通话后什么话也没说就突然冲出玄关。"

"喔,这还真叫人在意啊。是谁打电话来通知她什么事情呢?"

"电话好像是从家里打来的。就是通知她贤治先生被卡车碾毙的事啦,所以她才什么都没告诉我就掉头跑了。拜她所赐,我直到第二天看了报纸上的讣闻栏,才知道那个人的死讯。不觉得很过分吗……我是真心爱着那个人啊……"

丽子听了芙美子闷闷不乐的声音,忽然很同情她。虽然是外遇,但芙美子确实爱着贤治。她的悲伤是真的,丽子心想。然而下一个瞬间,芙美子双手捧起碗,咕咚咕咚把汤喝得一滴不剩。

"哈……好饱好饱!"

丽子看到芙美子一脸幸福的吃相,已经不知道什么才是真的了。

7

当天晚上,于第二天即将来临的深夜时分。

宝生家的餐厅被宛如璀璨群星的吊灯照亮，丽子结束一天的繁忙工作回到家里，正享用着迟来的晚餐。她今天一整天都被工作追着跑，实在是找不出时间好好吃一餐。因此，饥肠辘辘的丽子眨眼间就解决掉宝生家的优秀厨师准备的超一流晚餐，总算是填饱了肚子。最后丽子双手捧起大碗，咕咚咕咚地想把汤喝得一滴不剩——

"嗯哼。"突然间，一阵刻意清嗓子的声音传来。发出声音的是穿着西装站在丽子身旁的管家。"您真是太粗鲁了，大小姐。这不是淑女应有的举止。"

"有什么关系嘛，你就睁一只眼闭一只眼好啦。这才是绅士应有的举止，不是吗？"

"是，"管家影山伤脑筋似的叹了口气，"不过，为什么您今晚想吃拉面呢？听说是大小姐指定的，这是为什么呢？"

"呃——这是因为……"这是因为她在中野看过伊藤芙美子的吃相，那景象在她脑海里挥之不去，"这不重要吧，我偶尔也会想尝尝这种平民食物啊。算了，把碗撤下去吧，给我绍兴酒。"

丽子没能喝完最后一滴汤，宝生家特制的盐味拉面被收走了。

丽子拿着盛有绍兴酒的玻璃杯，走向可以俯瞰夜景的客厅，舒舒服服地在沙发上坐下。在繁忙的一天结束后，丽子总算有段轻松的时间了。不过，这时闪过丽子脑海里的还是那起"断发杀人事件"。为什么凶手杀害了寺田优子之后，要剪下她的头发烧掉呢——

"为什么凶手杀害了寺田优子之后，要剪下她的头发烧掉呢？"

"对，没错，问题就在这里——影山！"丽子条件反射似的从沙发上站起来，"你怎么会知道这件事情？姑且不论寺田优子遇害一事，她的头发被剪掉的事是只有警探才知道的机密喔。"

"这没什么好奇怪的。我的消息来源是老爷，而老爷则是直接从花柳家的雪江夫人那儿获得了消息。毕竟老爷对于其他名流显要的小道消息爱得要死……"

"这句话今天早上就听过了！不用再说第二遍！啊啊，父亲也真是的……"

丽子之所以面泛红光，似乎不光是绍兴酒的缘故。

消息都已经泄漏出去，丽子没必要再隐瞒了。这个名叫影山的管家对名流显要的小道消息并不感兴趣，他对复杂离奇的杀人事件更有兴趣。这个男人拥有非比寻常的推理能力，光听丽子的描述就能看透风祭警部一百年也无法识破的真相，丽子其实很倚重影山。

"好吧，我就详细告诉你，等会儿把你的意见说给我听听。"

丽子在沙发上重新坐好，按顺序讲述起今天一整天发生的事情。

影山站在丽子身旁默默倾听她说话。丽子大致说完后，影山点了点头，好像已经解开所有谜团。

"是这么一回事啊，我完全清楚了。"

"咦，你已经知道了吗？不愧是影山——那么你知道了什么？"

"是。在下现在才搞清楚大小姐想吃拉面的原因。"

沙发上的丽子感到浑身无力。"我真是白称赞你了。算了，这也没办法，毕竟调查才刚开始，线索还不够多嘛。"

"是。在下有几个问题想请教您。"

影山恭敬有礼地做了这段开场白后，开始向丽子发问："第一个问题：被害人的头发，确定是用剪刀剪掉的吗？有没有可能是其他刀械呢？"

"是剪刀喔。错不了的，法医检视剩下头发的断面后，确定是这样。"

"那么第二个问题：在壁炉内被烧掉的头发，真的是被害人的？有没有可能是其他人的头发呢？"

"不可能。在壁炉内被烧掉的是寺田优子的头发，检验过从现场采集到的残渣后，这点已经得到确认。"

"原来如此，那么最后再请教一个问题，"影山面对丽子，竖起一根手指，提出最后一个问题，"获得这么多线索，却还完全看不出真相，大小姐您令人尊敬的头脑有毛病吗？"

哎呀，我是怎么了？丽子回过神来时已经一屁股坐在地上，琥珀色的绍兴酒从玻璃酒杯中洒落出来。她似乎因为过于震惊从沙发上滑落了下来。这也难怪，她根本没想到管家会这样问。要是做好心理准备，要是有心理准备——这家伙又口出狂言了！自己没有做好防范，真是太蠢了！

"请问……我说了什么失礼的话吗？"

"不，何止失礼，我说你啊，"丽子把玻璃杯重重放在桌上，倏地站起身子，对口无遮拦的管家展开反击，"尊头脑有毛病是什么？什么叫作尊头脑啊！在'头脑'前加了个'尊'字，整个词也不会变成褒义词啊!"

"对不起,我向您表达深切歉意。只是,您掌握了这么多线索,却还不明白真相,果然还是稍显驽钝……"

"你还敢说!"丽子打断影山的狂妄话语,挑衅地说,"你既然敢把话说得这么难听,应该已经看出真相了吧,那就说来听听啊。凶手是谁?为什么被害人的头发会被剪掉呢?"

影山这才开始说明:

"我觉得奇怪的是,凶手为什么要拿剪刀剪掉被害人的头发。关于这点,大小姐怎么会一点都不觉得怪异呢?"

"是啊,我是不觉得怪异,"丽子气呼呼地回答,"因为说到剪头发的工具,最先想到的一定是剪刀吧,这有什么好奇怪的吗?"

"那么我请问您,犯人杀害寺田优子时,是用什么作为凶器呢?"

"是锐利的刀械,大概是尖刀吧。凶手刺了寺田优子胸口一刀,然后再剪掉被害人的头发——"

"用剪刀剪掉头发吗?即便凶手手中已经有了刀子?"

丽子听了影山的指摘才恍然大悟。的确,凶手刺杀寺田优子之后,手上拿着一把刀。尽管如此,凶手打算剪掉被害人的头发时却没有用手上的刀子,而是去拿剪刀。这是为什么呢?

"这……这个……用刀子或许也可以……可是毕竟还是用剪刀比较……嗯……奇怪,"丽子一阵语无伦次后,终于投降了,"影山你说得的确没错,为什么犯人要舍刀子而就剪刀呢?"

"一般来说,如果要把绑成一束的长发一刀剪断,使用刀子更方便，用剪刀反而剪不断。如果要把短到一定程度的头发再剪得更短些，用剪刀更方便。"

"没错。所以，这是怎么一回事？"

"大小姐您关心的似乎是'为什么凶手要剪掉被害人的头发'，不过，真正应该考虑的问题是'为什么凶手要把被害人的头发剪得极短'。如果只是想把头发剪掉，一把刀子就足够了，然而凶手却刻意选用剪刀把头发剪得那么短。凶手这么做的原因，恐怕才是这起事件的重点。"

"这——也对。那么，动机是什么呢？"

"请您少安毋躁，大小姐。正确的推理，是需要一定的时间与程序的。"

影山从容不迫地伸手推了推银框眼镜，突然转换话题。

"话说回来，大小姐的叙述中还有另一个让我觉得很奇怪的地方。关于寺田优子的照片，大小姐您没有发现什么吗？"

"你是说去年秋天游园会上拍的照片啊。这个嘛，我不觉得有什么奇怪的地方啊。硬要说的话，大概就是那个美女回眸一望的姿势不太自然吧。"

"寺田优子好像很喜欢那个姿势呢。"

"她一定是想让人家看看她引以为傲的头发吧，同一个姿势的照片出现了好几张呢。"

"可是，今年过年期间去湘南海边兜风时拍下的照片里，没有一张上有她喜欢的姿势。是这样吧？"

"呜！"丽子不禁语塞，"的确没有。为什么呢？"

"寺田优子之所以偏好美女回眸一望的姿势，是因为想要展示自己引以为傲的长发。那么，为什么她突然又不再摆这种姿势了呢？如果仔细想想，答案自然就揭晓了。也就是说——"

影山停顿了一下，然后才慢条斯理地说出结论：

"寺田优子不再为自己的头发感到骄傲了。"

"咦？你说已经不再让她引以为傲是什么意思？难不成——"

"是的。假发、发片、头套……相关用语五花八门，这里姑且就用假发这个称呼吧。简单来说，最近寺田优子的长发已经不再是自己的真发，而是假发。不过，察觉这种变化的人似乎只有雪江夫人而已。"

"雪江夫人的确提到寺田优子头发的变化，夫人说这是为了讨好男朋友。"

"不是为了讨好男朋友，而是头发已经从真的变成假的了。"

"原来如此，影山，你的推理很有意思呢。不过听起来也很牵强……与其说是推理，倒不如说是你单方面的想象，而且也缺乏佐证。"

"是，这点我并不否认。不过，假设寺田优子的头发是假发，那么凶手的奇怪行为就能获得合理的解释了。"

"你说凶手的奇怪行为——是指剪掉被害人的头发吧？"

"说得更正确一点，是'把被害人的头发剪得极短'这种行为。您现在应该明白了吧？为什么说凶手把被害人的头发剪得极短？这是因为被害人用假发掩盖起来的真发原本就已经很短了。也就是说，这是凶手巧妙的误导动作。"

"对喔。把原本已经很短的头发剪得更短,这样一来,不知情的人看了,就会产生一种错觉,误以为寺田优子引以为傲的长发是在昨晚才被剪掉的。"

"是的。若是再把剪下的大量头发丢进壁炉里烧毁,那就更能误导他人了。事实上,被丢进壁炉里烧掉的头发,并不是只有昨晚剪下来的。昨晚烧掉的头发,是更早之前就剪下来的。"

"一切都是为了让人误以为寺田优子到昨晚为止,头发都还很长。"

"不愧是大小姐,理解能力真强。"

影山说完肉麻的奉承话后,继续推理:"恐怕,最近寺田优子真正的发型已经不是过去那样的长发了。话虽如此,却也不是短到会让人觉得是男孩子的超短发,而是介于两者之间,也就是普通程度的短发。那么,为什么寺田优子要剪去引以为傲的长发,换成这种司空见惯的短发呢?还有,为什么她要戴起假发,隐瞒这件事情呢?我想这里面一定有深层次的原因。"

"这是当然的啊。不过,到底有什么原因呢?"

"请您想象一下,大小姐。您不觉得寺田优子留短发的样子跟谁很像吗?"

丽子试着在脑海中将照片上看过的长发寺田优子转换成短发。虽然觉得跟谁很像,但实在想不起来是谁。就在丽子歪着头沉思时,影山不耐烦似的开口问道:

"大小姐,怎么样?是不是跟花柳春菜一模一样呢?"

"咦,春菜吗?啊啊,听你这么一说,或许是有点像……

等等!"

丽子察觉到某个重大事实,不禁大叫起来:"影山,在我们讨论像不像之前,你并没有看过花柳春菜跟寺田优子的脸呀,为什么你敢断定她们长得很像?这太奇怪了吧?"

"不,一点也不奇怪。根据大小姐的描述就能得到这样的结论。首先,今天早上帮佣田宫芳江看到头发被剪掉的寺田优子时把她误认成花柳夏希。这两人的脸大概长得非常相像吧,毕竟他们是表姐弟,这也没什么不可思议的。而花柳夏希与春菜则是一对性别与发型不同、脸蛋却神似的漂亮姐弟,大小姐您是这么说的。既然如此,寺田优子与花柳春菜应该也长得很像,只是发型不同而已,没有见到本人也能做出这番联想。大小姐,您说是吗?"

"啊,没错。这么说起来,如果连发型都一样,那两人或许真的很像。"

丽子歪着头,在脑海内将花柳春菜与寺田优子的脸重叠起来。

"不过,这是怎么一回事?长相神似的两人,故意把发型也弄成一样?然后寺田优子再戴上假发,隐瞒这件事情?这到底是为什么呢?"

影山听了丽子丢出来的诸多问题,眼镜镜片后方的双眸亮了起来。

"大小姐,答案已经近在咫尺了。"

管家以冷冷的声音说:"花柳春菜与寺田优子这对表姐妹,密谋两人共饰一角,目的恐怕是想制造不在场证明——"

"制造不在场证明!"丽子失声叫道,"她们到底为什么要做出这种事情呢?"

影山用冷静的口吻陈述结论:

"当然是为了杀害花柳贤治。"

8

"杀害花柳贤治?"丽子茫然地复述一次,然后摇了摇头,"别说傻话了,这怎么可能嘛。贤治是死于交通事故,不,搞不好也有可能是自杀,不过绝不可能是谋杀。"

"直到今天早上为止,我也是这么想的。不过,我如今听了大小姐的讲述后,不再认为贤治的死是单纯的事故或自杀了。伊藤芙美子提到了她和春菜的一段小插曲,大小姐您是怎么看的呢?春菜跑到伊藤芙美子家大吵大闹,凑巧贤治被卡车碾毙,两件事情发生在同一天的同一时间段,您不觉得这太凑巧了吗?不,更重要的是,当时前去大吵大闹的那位女性,真的是春菜吗?"

"呜,这么说也对。所以跑到伊藤芙美子家大吵大闹的那位女性是……"

"是的,自称春菜的女性,正是把头发剪短的寺田优子。"

"可是,不管怎么样都会露馅吧?就算长得像,实际上还是另外一个人啊。"

"不,绝对不会露馅,"影山自信满满地露出微笑,"这是因为当时伊藤芙美子是第一次见到花柳春菜。"

"啊,对喔。"准确地说,伊藤芙美子见到的不是春菜,而是寺田优子。两人从来都没碰过面，的确不用担心身份会被拆穿。

"那么，这时候真正的春菜在哪里，在做什么呢？"

"她本人恐怕在国立市，尾随着回家途中的贤治，想要伺机下手杀害他。事实上，春菜也真的在暗处袭击了贤治吧。只是，春菜最初的一击失败了。贤治拼了命地逃出来，然后不顾一切冲到大马路上，不幸被卡车碾死了。到头来，春菜用最自然的手法成功将贤治送上西天——事情的原委大致就是这样吧。"

影山所说的事情的确有可能发生。在那种情况下，贤治的死只会被视为车祸事故或自杀，但事实是杀人未遂后发生的惨剧，要看穿这点可不容易啊。丽子再度为影山的慧眼独具咋舌赞叹。

"是春菜打电话给在伊藤芙美子家的寺田优子吧，为了通知她不在场证明已经准备充足，可以回来了。"

"是的。自从事件发生以后，寺田优子就一直戴着假发，隐藏剪短的头发，她大概计划等到事件余波平息之后再脱下假发吧。这正是所谓的完美犯罪。不过，世界上可没有这么顺遂的事情，所谓共犯关系，终究不堪一击。"

"就是老掉牙的起内讧对吧。主犯春菜吝于支付报酬给共犯寺田优子，或者是寺田优子过于贪婪，要求春菜支付更多。"

"无论如何，两人之间的关系越来越紧张，最后，昨晚花柳家终于爆发了杀人事件。不用说，杀害寺田优子的就是花柳春菜。这恐怕不是计划性犯案，最不希望家里发生杀人命案的人应该就是春菜，可是实际上春菜却不得不在花柳家的会客室里堵住共犯的嘴。她因此陷入了窘境，寺田优子的尸体不能就这样交给警察，这是因为头发的秘密会曝光。那么,只要带走假发就行了吗?不,拿掉假发,底下是寺田优子短发的真面目。那张脸酷似春菜,这样可不行,于是剪刀出场了。春菜把寺田优子的短发又剪得更短,看上去就像是男生的超短发,企图借此掩盖和优子头发有关的所有秘密——以上就是这次'断发杀人事件'的真相。"

影山完整地说完推理后,在丽子面前恭敬地行了一礼。"大小姐,您觉得如何呢?"

真相太出乎意料,丽子震撼到说不出话来。就寺田优子之死进行推理,结果浮现出来的居然是花柳贤治之死的意外真相。

恐怕这回影山的推理又说中了事实吧。不过,丽子为了厘清疑点,对影山提出了几个问题。

"动机是什么呢?花柳春菜杀害贤治的动机,还有寺田优子协助她的动机。"

"春菜应该是贪图财产,或者是对有外遇的父亲怀恨在心。"

"可那是亲生父亲,她会因为这个起杀机吗?"

"做女儿的最难以原谅亲生父亲的不贞行为,对近亲心怀憎恶进而下手杀人的例子并不罕见。在这个世界上,并非只有大小姐与老爷这样其乐融融的父女关系。"

"怎么,你这是在讽刺我吗?"丽子斜瞪了管家一眼,"算了。那么寺田优子的动机又是什么?"

"寺田优子应该也是为了金钱吧。帮忙完成计划,给她多少遗产——春菜或许就是这样拉拢她来协助犯罪的。"

"寺田优子在贤治事件发生前就剪掉长发了吧。是春菜帮她剪的吗?"

"恐怕是。而且春菜没有把剪掉的头发丢掉,而是小心收藏起来了。所以春菜昨晚才能将头发丢进壁炉里烧毁,完成掩饰工作的最后一环。"

"原来如此,那么最后再问一个问题。"

丽子期待地看着影山:"我想你的推理大概是对的,不过,遗憾的是似乎没有任何证据佐证。唉,要怎么样才能逮捕凶手呢?你有没有什么好方法啊?"

丽子的要求过于直接,影山傻眼地轻轻叹了口气。然后他一边透过眼镜镜片温柔地看着任性的大小姐,一边劝告说:

"大小姐,那正是警方的工作。这件事我是做不来的,毕竟我不过是区区一介管家——"

第六部　此处并非完全密室

1

连高挂夜空的明月仿佛也结冰了。二月份的某天深夜，国立市一隅，此处坐落着一座震慑四方的豪宅。被红砖围墙围起来的两层楼宅邸外墙上爬满常春藤，这是栋历史悠久的西洋建筑。松下宅邸门前，一辆高级外国车顺畅地停下来，月光将银色车体映照得闪闪发亮。打开驾驶座车门现身的是身穿纯白色西装的男子，仿佛要将黑暗彻底驱逐。

他是国立市警署引以为傲的年轻精英刑警风祭警部。

"哎呀，我居然因为太专注于调查，不小心把重要的手册忘在现场了。幸好及早发现，部下要是知道我犯了这么低级的错误，我身为精英的良好形象就毁了。宝生想必也会感到很悲伤吧……"

风祭警部一边轻声对自己说些自作多情的话，一边走进门内，看到负责看守现场的制服警察。"辛苦了。"警部对立正敬礼的巡警，只轻挥两根手指回礼。然后他忽然眼神锐利地盯着制服警察，提出近似恐吓的问题："我刚才自言自语了吗？"

"不，没有！您什么都没说，我什么都没听见！"制服警察声音颤抖，他似乎全都听见了。

警部不把制服警察当一回事，径自向前走。警部经过老旧的本馆，笔直地朝别馆走去。跟本馆不同，这是一栋三年前兴建的朴素平房建筑，这里是西画权威、名画家松下庆山埋首创作的工作室。

但这里也是松下大师突然迎接人生最后一刻的地点。昨天晚上，大师在这栋别馆的其中一间画室里被人杀害，现场是令所有警察百思不得其解的密室——

不过什么密室都无所谓，现在最重要的是手册。这本随身手册中记录了风祭警部从工作到私生活的所有信息，若是落到罪犯手中，必定会变成恐吓警部的把柄。若是落到警部喜欢的女性手里，对方以后就再也不会跟他说话了。这本手册破坏力宛如炸弹，所以风祭警部会特地在深夜返回现场。

"嗯?"警部看到别馆的玄关，不禁疑惑地歪着头，"奇怪，这里应该也部署了警察啊——"

不过玄关前却没有半个警察或刑警，事件现场岂不是谁都可以自由进出了吗?

这真是太好了——不，真是太不像话了！风祭警部面露愠色，打开别馆的门，往笔直延伸的走廊前进，走廊尽头的房间，就是松下庆山的画室，也就是昨晚的杀人现场。风祭警部用力抓住门把手，气势汹汹地推开房门。

"喂，有没有人在啊?"

没有人回答。映入眼帘的奇妙景象令警部大吃一惊。

警部不禁指着前方，声音颤抖地大叫:

"这——这是什么！"

2

二月二十日晚，国立市警署年轻女刑警宝生丽子接获通知，赶往松下庆山家。松下家周边已然笼罩在喧闹的氛围之中，鸣响警笛赶来的警车与警察乱成一团。

虽然丽子是巨型财团"宝生集团"总裁的独生女，但表面上是个新人刑警，前去办案时总是穿着黑色裤装配上黑框装饰眼镜。她就穿得这么朴素，利落地穿过黄色封锁线。

案发现场在松下家本馆后方，是栋被称为别馆的建筑物，丽子立刻在制服警察的带领下前往别馆。玄关的门突然在丽子面前打开，紧接着出现的是躺着一个矮小老人的担架，以及围绕在旁边的许多急救队员。

喂喂，让开让开！丽子见到猛然冲出来的这群人，下意识地让出一条路。在这一瞬间，丽子隐约看见了老人的脸。

斑白的头发，既深邃又端正、会让人误以为是西方人的五官——国立市引以为傲的知名画家松下庆山——肯定就是这个人。不过他的脸已经因为失去血液而变得苍白，也许他已经失去了意识。急救队员宛如风一般，经过在一旁不安观望的丽子，眨眼间将老人送上了救护车。不久，救护车发出划破黑夜寂静的警笛声，驶出松下家。

"希望能保住一命……"丽子衷心祈祷。

"嗯，你说得没错，宝生。"这时丽子背后突然传来应答声。

丽子感受到一种仿佛湿答答的高级丝绸手帕黏附在背上的感

觉——简单来说就是令人不太舒服的触感——于是回头一看。

那位总是以一身白色西装出现在国立市杀人案现场的风祭警部站在那儿。他是知名汽车制造商"风祭汽车"创始人的公子,也是国立市警署里最花哨风流的男人。在悄悄接近女性,并且若无其事地从后面伸手环抱住对方腰杆这方面,他的技术堪称一流。只要有一丁点的差池,这个人很有可能就会被当成罪犯起诉。警部自以为帅气地向丽子露出不适合在命案现场出现的笑容,接着说道:

"我也从心底希望松下大师能够获救,因为他一旦获救,我们就能听他亲口说出凶手的名字了。"

他并不是觉得人命宝贵,或是为了艺术界的损失而感到扼腕,只是想轻松结束这起事件罢了。这非常像警部会有的安逸思维,不过事情真能如他所愿吗?从刚才的情况来看,被害人未必能够获救。

"不过从刚才的情况来看,被害人未必能够获救,"警部把丽子脑海里所想的事原封不动地说出口,然后再度指向别馆的玄关,"总之,先到现场看看吧。听说松下大师是在这栋别馆的画室里被某人刺伤的。"

丽子和警部立刻一同前往现场。玄关后有条走廊,走廊尽头似乎就是画室,刑警与鉴识科科员络绎不绝地进进出出。丽子和风祭警部好不容易才踏进喧嚣不已的画室。

丽子在进入画室的一瞬间,看到一位高雅的瓜子脸美女正躺在床上打盹——

案件现场当然不可能会有女性在安稳地睡觉，如果有这种怪家伙，一定早就被警察轰出去了。那个美女是睡在墙上的。

"是壁画呢。"丽子推了推装饰用眼镜，端详起眼前的画作。

画室内的墙面上挂着一幅巨大的画。当然，作画者无疑就是松下庆山大师，主题是睡美人。没有一丝光线的昏暗房间里，右上角有扇紧闭的老旧窗户，在正中央的床上，睡美人正露出做梦一般的表情打着盹，周围画着几位（几只？）北欧神话里的妖精。就这层意义上来说，这或许该被归类为妖精画吧。

老实说，丽子不太清楚这幅画作的艺术价值。松下庆山以画风多变闻名，从笔法细腻的幻想画，到充满生命力的写实人物画，甚至是常人难以理解的抽象画，均有涉猎。这幅壁画应该是他的幻想类风格作品，不过从这幅画上感觉不出松下庆山纤细的笔触。

难不成是失败的作品？丽子内心萌生出这个直接的感想。不不不，不要乱说话暴露出艺术涵养不足，宝生丽子！丽子这么告诫自己，谨慎地闭上嘴巴。

不过在她身旁，有个人正试图把他并不拥有的艺术修养发挥到淋漓尽致。他感动至极地张开双臂叫道：

"啊啊，你看看，宝生！这幅壁画正是松下庆山传说中的大作《睡美人与妖精》喔，是只有在这个地方才看得到的梦幻作品。怎么样，是不是跟画评说的一样美呢？这大胆的构图、充满魄力的笔触、鲜艳的色彩，无一不是松下艺术的极致。正可谓艺术珍品啊！"

为什么呢？他越是称赞，松下庆山的艺术似乎就越像卫生纸一样浅薄。"那个……长官对松下庆山的画很熟呢。"

"也没有很熟啦,"警部难得谦逊地说,"只是风祭家收藏了松下庆山的五六幅作品,所以我多少知道他画作的优秀之处。有什么问题吗?"

"不,没什么……"丽子还以为警部难得谦虚,所以好奇一问,真是太笨了。简单来说,他只不过是在找机会吹嘘嘛。"这样啊,您家中有松下大师五六幅作品啊。哦!您该不会也拥有他的代表作《庭院里的自画像》吧?"

"怎么可能,《庭院里的自画像》听说是阿拉伯的石油大王收藏了,那个等级的东西就连我家也不可能下得了手啦。"

"这样啊,松下庆山的代表作想必相当昂贵吧?"

"没错。这幅壁画也是,硬要标价的话,应该是个天文数字。你最好不要随便乱碰喔,一不小心弄坏了,可是要赔好几千万元呢。"

丽子听到几千万元,丝毫不为所动。不过他们周围的制服警察与便服刑警立即与壁画拉开距离。对于只有微薄月薪的他们来说,警部的恐吓似乎十分有效。

丽子在现场笼罩的异样紧张感之中重新观察起画室。大小跟学校教室差不多,收纳画材的架子、画架、圆椅、各式各样的艺术品,以及创作中的绘画等诸多物品拥挤地堆放在一起,让丽子再度联想起学校的美术教室。不过天花板却异常之高,约有四五米,为了画一幅巨大的壁画,有必要把天花板弄得这么高吗?

在距离壁画稍远的地上,白色胶带贴出呈大字形的人形轮廓。

那是松下大师遇刺的地方，该处与画着壁画的墙壁之间倒放着一个不应该在这里出现的物体。

是一架铝制梯子，几乎可以够到异常高的天花板。

"画室里居然有梯子？啊啊，对了，一定是制作壁画时需要用到。"

"不过，倒在这种地方很奇怪呢，会不会跟案件有关？"

"这个嘛，有没有关联还不清楚。"风祭警部慎重地说。

这时警部背后突然传来年轻女性的清亮声音：

"是的，当然有关。就时机来看，这架梯子显然在事件中具有重大意义。"

"嗯？"警部回过头去，两位年轻女性出现在画室。"你们是？"

其中一位浑身散发出女强人气质，身穿套装，年纪三十几岁。她拥有细长且知性的双眸，高耸的鼻梁。短发染成漂亮的栗子色，强调女性线条的紧身裙底下，展露出充满魅力的膝盖与腿部曲线。

"鄙姓中里，中里真纪。我是帮杂志撰写美术相关报道的自由记者，曾和庆山大师一起工作过好几次。"

站在旁边的另一位女性看上去很客气，与中里真纪的气质截然不同。眼角下垂的柔和眼眸，一头黑色的长直发令人印象深刻，盖到脚踝的花长裙非常适合她。她深深地鞠躬说：

"我叫相原美咲。家母和松下家是远房亲戚，所以我借住在这里，我在美术大学念书。"

她们做了自我介绍后，一个便衣刑警从两位女性背后大声补充道：

"警部，这两位是这次事件的第一发现者。"

"是吗？"警部轻轻点了点头，重新面对两位女性，"方便解释一下你刚才说的话吗？从时机来看显然具有重大意义，这话是什么意思呢？"

开口说话的是中里真纪。

"我跟庆山大师约好今晚八点见面，是为了给他做美术专刊的专访。我在约定时间的十分钟前抵达，先前往本馆。出来招呼我的是相原小姐，据她说，庆山大师好像在别馆，于是我和相原小姐一同前往别馆。不过相原小姐正准备打开别馆玄关大门的那一瞬间，门后传来男人的惨叫声。"

"你确定是男人的惨叫声吗？"

"没错，声音很大，'啊呀'。"

"原来如此，那真的是惨叫声了。然后你们做了什么？"

"我们马上开门大声呼唤大师，可是没得到回答。我们感到担心，踏上走廊径直朝画室门口走去。"

丽子对某个地方很在意，于是插嘴发问：

"为什么你们会直接前往画室呢？这栋建筑物里应该还有其他房间吧。"

"是的，您说得没错，"相原美咲回答，"除了画室以外，这栋建筑物里还有叔叔的书斋和收藏作品的仓库等房间。不过叔叔大部分时间都待在画室，所以我们立即认为叔叔会在那里。然后，我们正打算打开画室门时，里头又传来巨响——"

"什么巨响？"风祭警部向前倾身。

"是梯子倒下来的声音。不过当时我们还不知道那是什么声音，只听到好像有什么很大的东西倒下来，发出砰的一声。我跟中里小姐吓了一跳，彼此看了一眼，连忙打开画室门，一起冲了进去。"

相原美咲说完后，中里真纪又说道：

"我踏进画室的瞬间，吓得说不出话来。庆山大师脸部朝下倒卧在画室里，我马上跑到大师身边。老实说，我原本以为大师是从梯子上摔下来的，因为梯子就倒在大师旁边，不过，实际上却不是这么回事。我靠近一看，才发现大师的背上被刺了一刀。在那一瞬间，相原小姐发出尖声惨叫。"

"是的，我吓了一跳，忍不住就……"相原美咲像是又回想起恐惧的体验，身体直打哆嗦，"不过中里小姐比我坚强多了，她小心地抱起叔叔。那时候叔叔好像还有意识，眼睛微微睁着，但似乎已经没有说话的力气了。中里小姐问：'大师，发生什么事了？'叔叔便默默地用指尖指着画。"

"画？你说的是这幅壁画吗？"

"是的。叔叔指着这幅壁画的中央一带，睡美人脸的部分。但是过了不久，他就好像耗尽力气，失去了意识。中里小姐，是这样吧？"

"是啊，是这样，"中里真纪附和相原美咲，"不久之后，本馆里的家人也察觉异状，赶到画室，好像是因为听到了梯子倒下的声音和相原小姐的惨叫声。"

"松下庆山的家人具体是哪些人呢？"

"庆山大师的妻子松下友江夫人，还有大师的独生子雕刻家广明先生，就这两个人。我简单向两人说明了情况，听我说完后，广明先生马上叫了救护车，接着又打电话报警。毕竟，一看就知道这是犯罪事件。"

"原来如此。这的确是犯罪。松下庆山大师在这个画室里遭到某人袭击，背上被刺了一刀，于是'啊呀'地大声惨叫——嗯？"

风祭警部觉得很纳闷似的皱起眉头。他将那张端正的脸转向画室的窗户，然后又转向两位第一发现者。

"你们听到松下大师的惨叫声后，就把别馆玄关的门打开了对吧？你们当时在玄关和走廊上看到人了吗？"

"不，没看到一个人。玄关和走廊上空无一人。"中里真纪回答。

"梯子翻倒的声音响起时，你们在画室的门前。那么你们开门时，画室里除了遇刺的松下大师还有别人在吗？"

"不，这里只有叔叔一个人，没有其他人在。"相原美咲摇了摇头。

"这样的话，"风祭警部谨慎地接着说，"刺伤松下大师的凶手到底消失到哪儿去了呢？听你们的描述，凶手似乎没有踏出过这个画室一步。从窗户逃走了吗？不，不对。一看就知道，画室的窗户外装了防盗铁窗，所以凶手并非从窗户逃走。可是如果经由走廊逃往玄关，又一定会碰到你们两位。这样一来——"

"那个，长官，"丽子忍不住插嘴说，"两人赶到现场时，凶手会不会还在画室里呢？这里有足以让凶手躲藏的空间。柜子阴影处、艺术品背后，或是门后面都行。凶手暂时藏身在这些地方，避开两人，然后趁两人将注意力放在被害人身上的空当，偷偷离开画室。我想这是很有可能的事情。"

"嗯，就是这样！"风祭警部帅气地弹响指头，然后用那根手指指向自己的部下，"我刚好也想到了这种可能性。真有你的啊，宝生。"

"没——没有，您过奖了……"丽子谦虚地摇了摇头。

老实说，丽子被称赞思考能力跟风祭警部是同一等级，一点都高兴不起来。她反倒觉得丢脸，不，应该说火大。

各种情绪让丽子表情黯淡下来。这时，中里真纪猛烈地摇了摇头。

"不，我认为刑警小姐所说的情况不可能发生。画室的门会因为弹簧自动关闭，凶手如果想要逃出画室，就必须把自动关上的门重新打开。刑警小姐，您不认为这种行为会引起我们的注意吗？"

"那是因为你们的注意力全部集中在被害人身上，没有留意到门口的动静，所以才会……"

"不，我抱着大师时，相原小姐的确是背对门口，可我却是面对着门。任何人开门离开，我应该都能看到。相原小姐，对吧？"

"是的。门开关时会发出声响，而且一有动静我们就能感觉得出来。我认为，当时不太可能有人能够偷偷离开这间画室。"

"是啊，绝对不可能。"中里真纪更加自信地坚称。

丽子被如此斩钉截铁地否定，也无法反驳了。的确，凶手想要在两位第一发现者浑然不觉的情况下偷偷逃出去，这种想法或许太天真了。不过"偷偷逃离说"被否定后，还有其他解释吗？凶手已经没有任何逃离的路径了。

也就是说，这间画室就是所谓的密室吗？

一直以来，丽子都很抗拒密室这个词。此刻它浮现在丽子脑海里，不知道该不该说是心有灵犀，在那一瞬间风祭警部像是早有准备似的宣告说：

"是密室。这正是密室杀人事件！"

警部的话让现场的气氛凝固了。中里真纪"啊"地瞪大眼睛，相原美咲"呜"地掩住嘴角。在现场进行作业的鉴识科科员"呀"地摔倒，头部重击地板。紧接着是一阵难堪的沉默。丽子刻意用手指靠着镜框，清了一下嗓子，然后以公事公办的口吻修正上司的错误。

"长官，现场或许是密室，但这可不是杀人事件。毕竟被害人还没死啊——"

可是，风祭警部并没有说错。被送进医院急救的松下庆山最后未能再度恢复意识，在案发几小时后的第二天清晨过世了。换句话说，画室事件正如警部所言，变成了密室杀人事件。

3

事件发生过了一晚后，二月二十一日。在车内假寐片刻后，宝生丽子与风祭警部就以这种缺乏准备的状态，进行早上的调查。不过所谓缺乏准备，纯粹只是在精神层面。因为在展开调查之前，原本就很注重外表的两人都对着镜子仔细整理仪容，成功维持了年轻刑警面对难解案件时仍神采奕奕的好形象。

"好，外表没问题。那么接下来最重要的任务就是会见遗族了。"

"是，长官。您是说妻子松下友江与独生子广明吧。"

友江和广明两人在医院里守着松下庆山直到天亮，因此昨晚丽子等人并没有机会直接跟他们说话。

问话在松下家本馆的客厅内进行。丽子他们原本以为突然失去家中栋梁的友江与广明会带着憔悴的表情出现在刑警们面前，没想到不是这样，两人都格外精神。不，或许他们都是强打起精神罢了，不过至少从外表来看，两人都不像因为松下庆山过世而受到强烈打击的模样。话说回来，他们也有可能在接受警方讯问前，先对着镜子仔细整理过仪容了。

"让您久等了。请您尽管问，只要能够逮捕杀害我丈夫的凶手，我会知无不言。"

言毕低下头来致意的是松下友江，今年五十五岁，及膝的裙子配上米白色衬衫，打扮十分时髦。不过她之所以看起来比实际年龄年轻，应该拜那夸张的妆所赐。黑色长发烫成大波浪，给人一种妖艳的印象。这位中年母亲有几分酒店妈妈桑的气质。

"母亲说得没错，我也会尽全力帮忙逮捕凶手，刑警先生。"

松下广明以充满活力的声音说。广明今年三十岁，身穿棕色工作裤和黑色毛衣，有点娃娃脸，说他像大学生也并无不可。虽然个人资料上写的职业是雕刻家，不过大概是因为没有什么值得一提的就职经验，才姑且挂上这个称呼的吧。至少丽子从未亲眼见过雕刻家松下广明的作品，他是否真有作品都令人怀疑。

"呃——还请您节哀顺变……"

风祭警部含糊地说了些程序化的话后，马上将话题转移到案件上。"话说回来，方便请教昨晚案件发生时的情况吗？两位是如何察觉到画室里出事了呢？"

回答警部问题的是友江夫人。

"一开始是听到梯子倒下来的声音，当时我跟广明在客厅里，突然间，不知道从远处的哪里传来巨响。广明好奇地打开窗户去看，结果这时我们又听到别馆那边传来女性的惨叫声……事后我们才知道那是相原小姐，不过当时我们都不知道发生了什么事。"

"的确如此，"儿子广明接着说，"然后我跟母亲连忙赶到别馆。我们进画室里一看，发现了相原小姐与中里真纪小姐，还有倒在地上失去意识的父亲……我们从中里小姐口中听了大致情况后，我马上打电话叫救护车跟警察，接下来就是一片混乱了。我跟母亲一起坐上救护车，前往医院……事情就是这样。"

友江夫人与广明的证词，跟昨晚中里真纪与相原美咲所述一致，既然事件发生时两人身在本馆，那就表示他们与杀人事件无关。不过这两人毕竟是母子，无法排除两人私底下串通好的可能性。

丽子怀疑地注视着两人。"两位觉得有没有人可能对松下庆山先生怀恨在心呢？"她提出犯罪调查中常见的问题。

"不不不，我丈夫从来没有得罪过任何人……"

"是啊，父亲是人人爱戴的伟大艺术家……"

母亲与儿子异口同声称赞故人的人品，追忆其伟大的成就。丽子对这种内容极为空洞的回答感到厌烦，于是决定不再追问下去。警察没有义务配合他们，让他们扮演善良的遗族。

接下来有好一会儿，丽子问了几个关于松下大师的其他问题。经过一阵无关紧要的问答之后，风祭警部仿佛早就算准时机似的，丢出重大问题：

"话说回来，犯案现场里的大作《睡美人与妖精》真是杰作啊，睡美人的脸尤其美。那是不是以哪位女性为原型——"

"是我！"警部还没问完问题，友江夫人便直直地举起右手，"那幅壁画是我丈夫以我为模特儿创作的，不是别人。"

"咦，是夫人吗？"警部好像很意外，支支吾吾了起来。

"您有什么不满吗？"友江夫人眼神锐利地瞪着警部，"丈夫以妻子为模特儿画画，没什么不可思议的。刑警先生应该也看到了，睡在那张床上的女性，拥有美丽的长发，女人味十足的身材，还有梦幻的表情，这些肯定都是以我为原型画出来的。广明，是这样吧？"

"当——当然啊，母亲。那个睡美人不——不——不可能是母亲以外的人。"

广明明显是迫于母亲的压力才这么说的，这两人果然是共犯关系吗？丽子的疑惑越来越深。母亲是主犯，儿子是从犯，这种案子不是没发生过。

"是吗？模特儿是夫人啊，的确，夫人的头发是很长啦。"

可是共同点也仅止于此吧，警部露出很想这么说的表情，摩挲着下巴。"对了，夫人您知道吗，根据两位第一发现者的证词，松下大师失去意识前好像伸手指向壁画，就是壁画中睡美人的脸。我认为这是被害人最后留下的某种信息，也就是说，信息透露了这个睡美人正是真凶。所以……"

"是中里真纪！"

友江夫人的态度瞬间大变，所谓的翻脸比翻书还快，恐怕就是这模样吧。友江夫人大概以为这么快转变态度，就能躲过警方的怀疑。

"其实那个睡美人的模特儿是中里真纪。"

"咦？"儿子广明惊讶地大叫，"妈咪，到底是谁啊？"

"不要叫我妈咪！"友江夫人呵斥了儿子后，重新面对刑警们，"我就老实说了。其实那幅壁画里的睡美人，是以美术记者中里真纪为模特儿。我丈夫从三年前开始，跟那小女孩越走越近，经常背着我偷偷跟她见面。是啊，没错，虽然他们自以为掩饰得很好，却瞒不过我这个妻子的眼睛。刚好就在三年前，两人刚开始交往时，我丈夫就在画室里着手创作壁画。所以从时间上来看，那个睡美人的模特儿一定就是中里真纪。广明，是这样吧？"

"嗯，的确，那个睡美人怎么看都是年轻女孩，而母亲是个老太——不，是熟女。真要说的话，还真的比较像中里真纪呢。不仅肤色不像母亲那么暗沉，体态也不像母亲那样松弛——"

"广明！"友江夫人吊起眼尾叫道，"你到底站在哪一边啊！"

哎呀哎呀，共犯关系破裂了呢。丽子在心中冷笑着，静观事态发展。

风祭警部像是无法认同似的低吟着说：

"嗯——中里真纪小姐啊。的确，和壁画中的睡美人对照起来，她的年龄是比较接近。不过我并不认为两者相似，而且中里小姐是一头短发……"

"不，睡美人是中里真纪，而我丈夫指着睡美人只代表一件事情，那就是刺杀他的真凶是中里真纪。"友江夫人断言道。

友江夫人在不知不觉间露出了恶鬼般的神情，仿佛中里真纪就站在她眼前。丽子嘴角浮现出讥讽的笑容，丢出恶作剧般的问题：

"不过夫人，从您刚才的说法来看，松下大师从未得罪过任何人，是个谁都爱戴的伟大艺术家……"

友江夫人对丽子表露出失落的表情，并再度表演她擅长的翻脸绝活：

"那是骗人的。人人爱戴的人，无法成为伟大的艺术家。"

原来如此，真是至理名言。松下庆山肯定是个了不起的艺术家。

4

这天下午，丽子与风祭警部把相原美咲叫到画室。风祭警部见相原美咲一脸惊讶，照例又露出自以为帅气的笑容。

"相原小姐是美术大学的学生吧？既然如此，你应该比我们更熟悉美术方面的事情。"

即便不是美术大学的学生，品位也比风祭警部强吧。在丽子的印象中，警部对美术就是这么外行。当然，他本人并不这样觉得。

"所以呢，我们想请教你一些问题，和这幅壁画有关。"

"是，这幅'Fresco'湿壁画有什么问题吗？"

"咦，啊啊，没——没错！我想问的就是这幅湿壁画的事情！"

警部，你到现在这一瞬间才知道这幅壁画是所谓的湿壁画吧。

话虽如此，丽子也好不到哪儿去，所以她不能取笑警部的无知。原来如此？这就是所谓的湿壁画啊，丽子满怀新鲜感，眺望着眼前的壁画。

警部则尽全力装出很内行的样子发问：

"呃，听说这幅湿壁画是三年前画的，是这样吗？"

"是的，是三年前画的。这栋别馆刚建好不久，画室里的壁画就创作完成了。不过，我想叔叔大概是为了画这幅湿壁画，才特意兴建这栋别馆，毕竟画大型湿壁画需要宽阔的墙壁。"

"这么说起来，这栋别馆好像比本馆要新得多。原来如此，这栋别馆的画室本身，就是松下大师的巨大画布啊。大师以心爱的女性为蓝本，在这面巨大画布上画下巨幅的湿壁画。顺便请教一个问题，你认为这个睡美人的模特儿是友江夫人，还是中里真纪小姐呢？"

"咦，叔母跟中里小姐？"相原美咲愣愣地歪着头，"您要问这是那两人之中的谁吗？嗯——跟她们两个都不像啊。再说，我根本没听说过画这幅画时用到了模特儿。有模特儿吗？我还以为这个睡美人是凭空想象出来的理想女性呢。"

"咦，啊啊，这样啊……嗯。"

警部期望落空，安静下来。不久，丽子开口打破笼罩现场的沉默。她从一开始就很想问这个问题：

"相原小姐，所谓湿壁画，简单来说是什么样的画呢？不，我当然听说过名称。一提起壁画，自然就会联想到湿壁画，对吧，长官！"

"啊——嗯嗯，是啊。米开朗琪罗在西斯廷大教堂画的湿壁画尤其有名，我也曾旅经当地，亲眼欣赏过好几次呢。"

警部居然还能吹嘘。"不过湿壁画具体而言是什么样的画呢，我确实不太清楚，可以请你简单地告诉我们吗？"

"当然，"相原美咲便开始解释，"'Fresco'是意大利文，意思是'新鲜的'，用英文来说就是Fresh。换言之，就是趁抹在墙上的灰泥还是新鲜状态时，用溶于水中的颜料直接涂在半干的灰泥上作画。灰泥会慢慢干燥硬化，颜料渗进墙壁表层，就固定住了。刑警先生，您明白了吗？"

"嗯嗯，原来如此——原来如此。"警部虽然点着头这么说，但显然还是无法理解。

"简单来说，就是一边把灰泥涂在墙上，一边在上面作画吧？"丽子说。

"正是如此。首先拿金属铲刀把灰泥涂在墙上，涂完之后拿起画笔，在上面作画，然后再涂上灰泥、继续作画——这样重复好几次后，一幅壁画就完成了，这便是湿壁画的创作过程。因此，要完成一幅大型壁画需要惊人的劳力。毕竟，要同时具备泥水匠把灰泥涂上墙壁的功夫，以及趁着灰泥半干时迅速作画的艺术家功力。不过我并没有实际参与过这类创作，所以也不知道真正的困难之处。"

相原美咲轻轻耸了耸肩，露出害羞的笑容。

松下庆山是有名的花花公子，他像泥水匠那样单手拿着金属铲刀面对墙壁施工的模样，丽子怎么样也无法想象。

"相原小姐，你曾经亲眼见过松下大师创作这幅湿壁画吗？比方说大师拿铲刀在墙上涂抹灰泥的场面。"

"见过，只有一次，不过那时创作才刚刚开始。叔叔站在梯子上，着手制作壁画的右上角——画着那扇老旧窗户的地方，当时睡美人跟妖精都还没有画出来。对了，我曾经问叔叔：'这是什么画呢？'结果叔叔神秘兮兮地回答：'这个嘛，要画什么好呢？'后来我看了完成的作品，才知道原来是睡美人与妖精。叔叔就是喜欢这样子捉弄人，简直跟小孩子一样……"

相原美咲重新将视线投向壁画右上角，像是缅怀当时似的眯起眼睛。

相原美咲离去后，警部伫立在《睡美人与妖精》的壁画前，他端正的侧脸浮现出装模作样的苦恼神情。

"结果还是查不出这个睡美人的模特儿究竟是友江夫人还是中里真纪，不过是谁都一样啦，她们两人不可能是凶手，因为密室的问题悬而未决。松下庆山独自一人在无处可逃的画室内被刺死，而当时相关人等却都在密室之外，这是不可辩驳的事实。宝生，我说得没错吧？"

"是的，从几个相关人士的供词来听，确实是如此。"

"可是这样一来这次杀人事件就没有凶手了。这到底是怎么一回事呢？还有什么我没想到的地方吗——嗯？"

警部假装陷入沉思，视线停留在某一点，是横躺在壁画前的那架梯子。警部走向梯子，仔细观察起来。

"话说回来，这架梯子在这个案件中究竟扮演着什么角色呢？为什么被害人的叫声传出来后，紧接着又响起梯子倒地的声音呢？等等，既然有梯子倒下的声音，那就表示在那之前，梯子是靠着墙竖起来的，毕竟梯子原本就是这种用途的工具嘛——嗯！没错，说不定真是这样呢！"

警部不知道是想到了什么，啪一声弹响了指头。然后他慢条斯理地伸手抓住梯子，将它举起来，靠在画着壁画的墙上。

梯子顶端触及大约四米高的壁画更上方的墙面，已经快要碰到天花板了。警部见此，像是已经取得了胜利，露出满意的笑容。他立刻把手靠上梯子，一阶一阶小心地往上爬。

"长官，您不会有事吧？请小心啊。"

丽子一方面饰演关心上司安危的温柔部下，另一方面则刻意与梯子保持距离，以防风祭警部不小心酿成坠落事故（这十分有可能）。

不久，警部爬到梯子最顶端，一脸认真地观察起天花板，然后他像是确信发现了什么似的大叫了一声："就是这里——"然后由下往上挥拳击打天花板。

可是,举起的拳头却轻易被天花板给弹了回来,只发出一阵像是打鼓般的闷响。

一瞬间的寂静,些许尘埃掉落在颓丧的警部周围。

丽子用指尖扶着装饰用眼镜的边框,假惺惺地望向天花板说:"长官,您刚才说'就是这里——'到底是在哪里呢?哪里哪里?"

"不——不,似乎不是这里,"警部一边对着隐隐作痛的拳头呵气,一边恨恨地瞪着天花板,"不过,这个房间一定藏着秘密通道。好,既然如此,只能采取地毯式搜索了。"

警部英勇地这么宣告后,一点点地移动梯子的位置,逐一确认天花板的每一块地方。丽子只能叹着气,注视着奋斗中的上司。

总之,警部似乎是这么推理的。真凶爬上梯子,把天花板推开,逃进屋顶内部。原来如此,这样用梯子是很合理的。不过,该说这种推理很有风祭警部的风格吗?这种伎俩实在是太简单了,如果这么容易就能解开密室之谜,这个世界就不需要名侦探了。

不出丽子所料,风祭警部的推理彻底被推翻了。画室天花板的每个部分都被固定得牢牢的,完全找不出任何可以让凶手逃走的空隙。结果密室之谜回到原点,毫无进展。

"啊,可恶!"梯子上的风祭警部气得一拳揍向墙壁。这时,不知道是不是没控制好力道,梯子突然剧烈地摇晃起来。

意外果然发生了!就在丽子摆好架势时,梯子失去平衡,一下子翻倒。

"长——长官——"虽然她一点也不担心,但是基于下属的立场,丽子还是大喊起来。

丽子眼睁睁看着警部从天花板附近倒栽葱似的重重摔到地上。那一瞬间,丽子脑海里确实闪现一丝灵光,不过那乍现的灵光被警部摔倒在地的声音打消了。

尽管没被摔死,警部却像是死了一般,在地上躺成大字形。不久,他以虚弱却又怨气十足的声音问丽子:

"宝……宝生……为什么……不帮我……扶着梯子……呢……"

"对……对不起,长官。"

因为我不想被波及啊,所以我才——可是这种话丽子实在是说不出口。

5

这天深夜,宝生丽子回到家,脱去黑色裤装,换上颇有大小姐风范的粉红色洋装。晚餐她享用了羔羊铁板烧、焖烧合鸭、煎白肉鱼佐香草,这是宝生家世代相传的原创菜色"炙烧三连发"。丽子吃饱喝足之后,好像忽然想起什么,于是前往宅邸一角的一个房间。

丽子的父亲——宝生清太郎充分发挥取之不尽用之不竭的财力,不分青红皂白地搜购的美术品、工艺品、古董,等等,这些珍品全都收藏在这个房间里。丽子私底下将这个地方称为"艺术的坟场",因为这些物品一旦被收进了这个房间,除非发生天大的事件，否则不管艺术价值有多高，都不会再拿出来看第二次了。

丽子从这些可怜的宝物中找到一幅画，站在前面端详了好一会儿。

小小的画里，纤细的笔触画着右手拿画笔、左手持调色盘的男性，背景中那栋爬满常春藤的房子有点眼熟。

戴着银框眼镜的高大男性大概是觉得丽子的举动有点反常吧，站在一旁屈身对她说：

"大小姐，您怎么了？您欣赏得那么认真……"

"唉，影山，你知道吗，"丽子一边注视着画中的男性一边询问管家，"听说这幅画是由阿拉伯的石油大王在收藏着喔。"

"是谁在散布这种不实的谣言？松下庆山的代表作《庭院里的自画像》一直都小心地搁置在宝生家的这个房间里啊。"

"是啊。不过影山，不可以在父亲面前说'搁置'这两个字，父亲会伤心的。"

"我明白了，"影山惶恐地行礼致歉，"话说回来，听说松下庆山大师昨晚遇害，如今调查陷入胶着状态。午间的脱口秀——不，七点的新闻是这么说的。"

原来这个男人的信息来源是午间脱口秀啊。丽子不禁叹了口气。"是啊，调查的确遇到了瓶颈。最大的问题在于现场是个完全的密室。"

丽子为了勾起影山的好奇心，故意丢出"密室"这个诱饵。这个名叫影山的男人虽然是个管家，但拥有特殊的推理能力，仅凭丽子的描述就破解过许多离奇案件，成果斐然。不过丽子为了顾及身为刑警的自尊心与身为大小姐的颜面,不能那么直截了当地寻求他的协助。

"怎么样,影山,有兴趣吗?你想听的话,我可以说给你……"

"哦,您说密室吗?"影山出乎丽子的意外,一副意兴阑珊的样子,"老实说,我实在提不起兴致。这个世界上根本没有什么完全密室杀人事件,一定是哪里有秘密通道吧。您搜过天花板上面吗?"

"当然搜过啦,"丽子对影山投去轻蔑而冰冷的目光,"呵——没想到影山的想法也只是这种程度啊,跟风祭警部同一个等级呢。"

最后一句话似乎惹恼了影山,就连丽子也看得出来,平日总是面无表情的影山脸颊瞬间抽动了一下,看来他感觉自己被污辱了。这也难怪,被人说成跟风祭警部是同一个等级,大概谁都无法保持冷静。

不出丽子所料,影山往丽子这边踏出一步,把手贴在胸前说:"请您告诉在下这次事件的详情吧,大小姐。"

丽子在身旁的古董摇椅坐下,详细地讲述起事件。一旁的影山站得直挺挺的,听她说话。丽子大致说完经过后便立刻征求他的意见。

"影山,怎么样,你想到些什么了吗?"

影山仿佛要把亢奋的丽子推回去一般,往前伸出双手手掌。

"在我表达自己的意见之前，请先告诉我大小姐您是怎么想的。从刚才的话里，大小姐看到风祭警部从梯子上摔下来时，脑海里似乎突然萌生了什么灵感。您那聪明的头脑究竟闪现了什么样的灵光，这点还请您务必告诉我。"

"咦？哎呀，哪有，我的灵感什么的不值一提啦……"

丽子尽管害臊地这么说，却一点都没有不高兴的模样。说穿了，丽子正希望有人能听她说真心话。

"这样啊，你这么想听吗？那我就只告诉影山喔。我突然想到的事情啊，简单来说就是松下庆山会不会是意外身亡。"

"意外身亡是吗？到底是在什么状况下——"

"重点在于松下大师'啊呀'惨叫不久之后传来梯子的翻倒声。接着，大师就被人发现背上被刺了一刀，所以，我们无意中认定大师的惨叫声，是被谁刺杀时发出来的。可是真的是这样吗？那会不会是大师快要摔下梯子时，因为害怕而发出的惨叫声？我突然想到的就是这个。事实上，风祭警部摔下梯子前，也大声发出惨叫了。虽然他那时候发出了'哇——'的惨叫声，不过惨叫的方式因人而异嘛。松下大师的情况则是'啊呀'。"

"原来如此。惨叫声未必是被刺杀时发出的叫声，您真有见地，大小姐。那么，松下大师又为什么会遇刺呢？"

"那不是遇刺，他是被自己刺伤的。大师大概手持铲刀爬上梯子，修复那幅湿壁画。可是大师不小心在梯子上失去平衡，发出惨叫声。最终他还是无法躲过危机，就这样摔下来。梯子翻倒发出巨响，然后大师手上拿的铲刀——"

"原来如此！大师一不小心刺伤了自己！"

"没错！"丽子开心地拍手表示同意，"换句话说，这不是什么杀人案，只是密室状态的画室内发生的不幸意外。影山，我的推理怎么样啊？"

"啊啊，大小姐！"影山对丽子露出非常感动的表情，重重地点了点头，"大小姐说得真是一点也没错。大小姐平庸的灵感确实不值得一提，光听都嫌浪费时间。"

影山突然脱口爆出狂妄言论，丽子震惊得连人带椅往后倾倒，砸坏了满满堆在房间内的美术品。虽然金钱损失难以估计，但丽子受到的精神创伤更大。

丽子从飞扬的尘埃中缓缓起身，恶狠狠地瞪着口出狂言的管家。"我说你啊……把人家哄得这么开心……结果却说什么平庸，什么叫作平庸的灵感啊！我得意地说个不停，你才是在浪费我的时间呢！"

"对——对不起，我说得太过火了。我应该说平凡……"

"意思还不是一样！"丽子的尖叫声在"艺术的坟场"里回响，"反正你从一开始就是为了愚弄我，才叫我说出自己的推理吧！你这个该死的恶毒管家！"

"不，在下绝无此意。"

影山慎重地行了一礼，然后看着丽子，似乎想要申辩。"大小姐的推理，直到中间为止都相当精彩，不过结论却大错特错。请您仔细想想，大小姐，刀子是刺在松下大师背上的，到底要用什么姿势从梯子上摔下来，才能自己刺中自己的背部呢？大小姐，您当真认为，这世界上有这么厉害的坠落事故吗？"

"呃？不，那个……你这么说也对啦……"

的确，丽子也明白这正是她的推理缺陷。"要不然是怎么样呢，影山？如果不是意外的话，那么果然还是他杀吗？不过现场可是密室呢。"

"但是，在这个世界上，并不存在真正的完全密室杀人案，我是这么坚信的。话说回来，我想拜托大小姐一件事情——"

影山望进丽子眼睛深处，提出意外的要求。"等会儿可以请您带我到松下大师的画室吗？"

"咦，带你去杀人现场？可——可是这么做违反规定……"

影山在困惑的丽子面前露出严峻的表情，用手拄着下巴。

"的确，侦探不必直接观察现场，只要听描述就能进行推理，这是'安乐椅侦探'。就这层意义上来说，我的要求或许违反了'安乐椅侦探'的定义吧。"

"不，我不是这个意思！"丽子纠正影山，"我是说带平民前往杀人现场，违反了警方规定。"

"啊，原来是这个意思啊。唉，违反这种程度的规定，不会有什么大问题的。要是有个万一，大小姐背后还有伟大的父亲大人，以及庞大的'宝生集团'撑腰。大小姐在国立市警署内的地位，绝不会因此有丝毫动摇。"

管家毫不避讳的话让丽子不禁目瞪口呆，不过她只能认同。"或许的确就像影山你所说的吧，我知道了。要我偷偷带你进去也行,不过既然要特地跑一趟现场,你心里想必已经有了什么看法了吧?"

忠实的仆人听了丽子挑衅的发言,恭敬地低下了头。

"这是当然,在下保证一定不辜负大小姐的期望。"

6

于是,不到三十分钟,丽子和影山就乘着礼车抵达松下家的别馆。丽子凭着花言巧语和一个媚眼,将站岗的制服巡警从现场支开,两人终于踏进画室。在《睡美人与妖精》这幅壁画前,丽子催促影山快点解释。

"好了,这里就是杀人现场。除了被害人被搬出去之外,一切都还保持案发时的模样。怎么样,你看出什么了吗?"

影山由右而左仔细看过壁画后,提出了一个非常唐突的问题:

"如果大小姐在这面墙上涂抹灰泥,会怎么做呢?不,我要的不是'花钱请技术高超的泥水匠来施工'这种答案——"

"那么'命令影山去做'也不行喽?嗯——可是,为什么有钱人家的千金大小姐非得做泥水匠的工作不可呢?你的问题简直莫名其妙嘛。"

"那么,换成在墙上刷油漆吧。在墙上刷油漆时,大小姐会先从墙壁下方开始刷吗?"

"这怎么可能。我会先刷完上面再刷下面,因为油漆这种东西会由上往下流,这样做起来比较简单。"

"您说得没错。那么左右两侧呢?您会从墙壁右侧开始刷,还是从左侧开始刷呢？"

"从哪边开始还不都一样？"

不过丽子试着比了一下刷子的动作后，便马上推翻了自己的答案。"不对，是由左至右。因为我是右撇子，刷子要由左往右移动，所以我想，从墙壁左边往右边刷会比较容易。"

"也就是说，如果是右撇子，要在墙上刷油漆，由上而下、由左至右，才最合理。"

"是这样啦——影山，你到底想说什么呢？"

"在墙上涂抹灰泥，是绘制湿壁画不可或缺的工作，用金属铲刀涂抹灰泥，跟用刷子刷油漆很相似。换句话说，从墙壁左上角开始涂起，最后在右下角结束，这对右撇子来说，是最顺手的做法。话说回来，松下大师是左撇子还是右撇子呢？"

"咦——这我怎么知道啊。"

丽子没有多想就回答，影山不满似的眯起眼镜后面的双眼。

"是右撇子。大小姐看过他的自画像，画中松下大师是用右手来握画笔的。"

"啊，对喔。的确，松下大师好像是右撇子呢，这也就是说——"

"这也就是说，松下大师如果要绘制湿壁画，一般来说也会从墙壁左上角开始画。只要没有特殊理由，应该就是如此。不过根据相原美咲的证词，松下大师似乎不是从左上角，而是从右上角开始制作这幅湿壁画的。这是为什么呢？这幅壁画的右上角有什么充满魅力的主题，刺激了大师的灵感？大小姐，您觉得呢？"

"你问我啊……"丽子不等影山问完,已经凝视着壁画右上角了。

不过,那里并没有什么充满魅力的主题。

"那是窗户吧,壁画右上角画着一扇感觉很古老的窗户。"

"原来如此,那的确是一扇紧闭的窗户——"

影山用指尖推起银框眼镜,然后表情严肃地对丽子说道:"这间画室的门、窗,甚至是天花板,大小姐和风祭警部应该都彻底搜查过了。那么那扇单面窗,当然也调查过了吧?咦,没有调查吗?为什么呢?这扇大窗户很显眼啊!"

丽子不禁感到错愕。"这——因为那是画啊……"

"那的确是画,但同时也是涂了灰泥的墙壁,墙上开了窗户是天经地义的事情。"

说时迟那时快,影山已经抬起倒在壁画前的梯子,靠着壁画右侧立了起来。影山像猫一样灵敏地爬上梯子,到达那扇窗户的高度后,先观察画中窗户的样子,接着他伸出左手在湿壁画表面又摸又敲。之前风祭警部曾说这幅壁画"一不小心弄坏了要赔好几千万元",不过影山却丝毫不以为意。不久,他满意地点了点头,把伸出来的左手放在画中的窗框上,对梯子下面的丽子叫道:

"请看,大小姐,这样密室之谜就解开了。"

影山的左手轻轻往胸前一拉,画中的单面窗悄然无声地顺利打开了。

"打——打开了——画中的窗户打开了!骗人的吧?"

丽子难以遏止惊讶与好奇心,自己爬上梯子。她把影山挤开,朝开启的窗户内望去。那里有个昏暗的空间，不过并非屋外。狭小的空间内依稀可见一架向下的窄梯，阶梯前方融入深邃的黑暗之中，无法看清。

"既然有楼梯，应该就会通往哪里，"丽子从套装胸前的口袋里取出笔灯，"去——去——去看看吧，影山。"

"您的声音在发抖喔，大小姐。"

影山也将右手伸进西装胸口，取出一根小小的黑色棒子。不过那并非笔灯，影山握着它甩了一下，黑色棒子瞬间延伸到五十厘米长——是伸缩警棍。过去革命家曾拿在手中挥舞，现在则深受武器迷喜爱，是种不太寻常的武器。这不是一介管家该拿的东西，但影山总是随身携带，用以防身。

影山用警棍前端指着窗子后方，像是鼓励丽子似的说：

"来吧，大小姐，请您尽情地大显身手吧，我也会在后方跟随您的！"

"笨蛋！当然是你先走啊，这还用说吗？"

两人折腾了几分钟后，穿过开启的窗户，影山在前，丽子在后，纵身钻进"画"里。在仅能容一人通过的陡峭楼梯上，两人只能仰赖影山手持的笔灯灯光慢慢往下走。这对丽子来说是前所未有的奇妙体验。

"现在我们在画的里面吧……"

"是的，大概是在睡美人的肚子一带……"

不过，陡峭的阶梯还在继续往下延伸，丽子渐渐不安起来。她看不到影山的表情，这更加深了她的不安。如今我们大概已经穿过壁画后方，到达地底下了吧，丽子直觉地这么想时，楼梯转了个九十度弯，改变了前进的方向。影山又沿着楼梯往下走了几米后，在前面停下脚步。

"是门。看来这里是地下室，该怎么办呢？"

"什——什——什么怎么办，既然都来到这里了，当——当——当然要打开看看啊。"

如果只有丽子自己一个人，这时候她会毫不犹豫地掉头回去，找十几名武装警察过来。

可是不知道为什么，丽子在影山面前特别爱逞强。尽管她在心中告诉自己要冷静一点，行动却偏偏与理智反其道而行。丽子比平常还要大胆地下令：

"好了，把门打开，影山！"

"可以吗？"黑暗中响起影山低沉的声音，"那么——"

木门打开，发出叽的摩擦声。室内跟楼梯上一样昏暗。丽子从影山手中抢下笔灯，照向前方，那是个大小只有画室一半的空间，里头有床、桌子、两张小椅子，角落摆着大衣橱。除此之外，就没有像样的家具了，整个房间空空荡荡的。就在丽子想到这里的瞬间——

"咿咿咿咿咿咿咿咿——"

令人毛骨悚然的怪叫声打破宁静，衣橱的门猛然打开来。丽子立刻将灯光转向声音传来的方向，从衣橱门后跳出来一个女人。在灯光的照射下，丽子看到她右手拿着的东西闪闪发亮，是刀子！

影山挡在丽子前方，用伸缩警棍挡住在眼前挥下的刀子。金属互相撞击发出刺耳的声音，黑暗中瞬间迸出火花。这一切太过突然，丽子激动不已，笔灯从她手上滑出，掉在地上滚动着。

"请您快逃啊，大小姐！"

别傻了，我怎么可能临阵脱逃。身为大小姐是可以这么做，但这样可就不配当个刑警了，不，恐怕连当个大小姐都不够格吧。丽子下定决心，奋不顾身地朝着和影山交战的神秘女子飞扑过去。

丽子的攻击同时撞开了女人和影山两人。影山重重撞上墙壁，呜地发出短促的呻吟声。伸缩警棍掉落地上，敲出响亮的金属声。

另一方面，被撞到反方向的神秘女子背部朝下摔在床上，毫发无伤。

丽子不禁咒骂自己没用。"什……什么……我居然搞垮了伙伴……我真是……我真是！"

不过现在不是责备自己的时候。毫发无伤的女人似乎把丽子当成新的目标，宛如僵尸般从床上起身，将手中的刀子举至齐脸高，愤怒地瞪着丽子。"咿咿咿……"

仿佛从地底下冒出来的声音里蕴含着狂暴之气，让丽子害怕得蹲坐在地上动弹不得。

"咿咿咿咿咿咿咿——"昏暗的地下室里再度响起像是怪鸟鸣叫的尖锐声音。

神秘女子踩着缓慢的步伐，一步一步接近丽子，丽子往后退到墙边，可是，已经没有退路了。就在丽子万念俱灰时——

一道影子像风一样，不知从哪里出现了。男人挺身挡在丽子面前，打算拿自己当作盾牌。下一瞬间，神秘女子挥下刀子，刀锋斜斜地劈中男人的身体。女人发出怪叫声，男人膝盖一软，默默地倒在地上。

"影山——"

没有回答。倒卧在地的男人身体已经动也不动了，持刀的神秘女子激动地不断喘着大气。

这时，匍匐在地的丽子右手好像碰到了什么东西——是影山的伸缩警棍。

硬硬的触感令丽子回过神来。没错，事情还没有结束，先让这个凶暴的女人闭嘴再哀痛欲绝也不迟。丽子将恐惧和泪水一起甩开，心中缓缓升起怒火。她回想起高中时代很崇拜的学姐，效仿那种大姐头气势，恶狠狠地瞪着对方，用丹田的力量发出声音。

"喂，你这家伙！"丽子将伸缩警棍前端指向眼前的敌人，一股脑地说出心中的愤怒。

"你胆敢对我最重要的人做出这么过分的事情！我要十倍奉还，让你后悔十倍！"

丽子握着伸缩警棍，凝聚起勇气，然后不知道为什么，一边发出萨摩藩传统的吆喝声，一边朝对方飞扑过去。"咿咿——"

"咿咿咿咿咿——"

两道身影与两股气息，在昏暗的地下室里交会。挥下的刀子与扬起的伸缩警棍，两种武器掠过彼此的身体。不过丽子却间不容发地转身又是一击，警棍前端命中对方的脖子，传来扎实的手感。

女人呜咽地发出呻吟声，一瞬间还保持原本的姿势一动也不动，过了一会儿才像是力气耗尽似的重重倒在地上。一切都发生在眨眼间。

不过丽子完全顾不得神秘女子的真面目，立刻跑到最重要的人身边。挺身保护丽子的救命恩人依然躺在地上。丽子在黑暗中用双手扶起他受伤的身体，呼唤他的名字："影山，影山。"

这时，她的仆人从背后回答道：

"是，大小姐，怎么了？"

刹那间，尖叫声响彻昏暗的地下室。"啊啊啊啊啊啊啊啊啊啊啊啊——"

丽子差点被自己发出的惨叫声给吓晕，回头一看，在那里俯视着她的高大男性轮廓确实是影山。丽子完全摸不着头绪。

"请您不要那么惊讶，我不是幽灵。我只是受大小姐的飞扑攻击波及，暂时昏迷了而已。"

"咦——咦？既然影山人在这里，那么……这个是谁？"

丽子下意识地称救命恩人为"这个"。这时，影山已经找到了地下室的照明开关，打开电灯，室内总算明亮了起来。丽子这才看清楚倒在自己怀中的男人，她不禁怀疑自己的眼睛。这个男人身穿白色西装……

"风风风风——风祭警部！"

警部的西装胸前被斜砍了一刀，变得破破烂烂的。不过风祭警部身上没有什么严重伤口，虽然乍看之下好像流了很多血，但那是因为他的西装太白了，所以血渍显得更醒目。实际上，顶多只是微微渗血的擦伤罢了。

丽子完全搞不清楚发生了什么事情，但她判断，现在这情况还不至于要双手搂住对方的身体哀伤痛哭，便先把警部的身体放回地上。警部依然昏迷着——应该说，他只是睡着了，还发出阵阵鼾声。

影山则来到倒在地上的神秘女子身边确认情况，丽子也从影山背后观察女人的脸。松下友江夫人？中里真纪？不，都不是。这是个瓜子脸长发美女，年龄三十几岁，深蓝色的连身洋装衬托出丰腴的曲线。

"大小姐，您认得这位女性吗？"

"不，不认识。我是第一次见到这个人……不过听你这么一说，我总觉得好像在哪里见过……这个人是谁呢？"

"名字还不清楚，大小姐在叙述案情时也不曾提过。这位女性自从案件发生之后就一直待在这个地下室。不过大小姐虽然现在是第一次见到本尊，但您在画里见过好几次——"

"啊！"丽子这才恍然大悟，"对啊，她是睡美人。"

因为对方持刀袭击而来的印象过于强烈，丽子没有立即发现。不过她现在失去意识静静躺着，便能看出，她的真实身份毫无疑问是睡美人，也就是说——

"这个人是杀害松下大师的真凶吗？"

"正是如此，"影山静静地点了点头，"友江夫人怀疑松下大师三年前和中里真纪发生外遇，并以她为模特儿绘制了这幅壁画。她的怀疑有一半是对的，一半是错的。和大师交往的是这位女性，因为还不清楚名字，就先以'凶手'来称呼她吧。"

影山又继续说明：

"松下大师与凶手从三年前就开始暗中交往，幽会的地点是盖在画室正下方的秘密地下室，入口就是画中的窗户。这个幽会场所挺别致的，不是吗？恐怕大师是为了创造这个理想的环境，才兴建了别馆的画室，并在那面墙上绘制了巨大的湿壁画。"

"这么说来，松下大师的创作灵感是强烈的色欲喽。"

"是的，松下大师的创作灵感就是强烈的色欲。"

"你说得这么斩钉截铁真的好吗？死去的大师会生气呢。"

影山无视丽子的担心，淡淡地接着说：

"不过，历时三年的外遇关系终究还是破裂了。是分手谈不拢，还是牵扯到金钱？这点并不清楚。总之，两人之间起了争执，凶手用刀子刺杀了大师。这就是昨晚画室内发生的事件。"

"凶手理所当然会想要逃离画室吧。"

"是的。不过她运气不好，这时中里真纪与相原美咲已经到了别馆的玄关。听到松下大师的惨叫声后，两人马上就赶到了画室。形同瓮中之鳖的凶手，只有一处可逃，她连忙把梯子靠着壁画爬了上去，并且打开画中的单面窗逃进地下室。把梯子推倒的，恐怕是凶手自己吧。如果把梯子留在壁画右侧，或许会有哪个刑警察觉到画中窗户别有机关，所以凶手才那么做。"

"原来如此。然后两位第一发现者冲进画室里时，画中的窗户已经紧紧关上,现场看起来形同密室。是这样吧?"

"是的。另一方面,藏身地下室的凶手却真正陷入了无法离开密室的状态。凶手应该也很为此苦恼,您看到我们刚踏进这里时凶手那种异常激动的样子吗?如果再晚一点发现她,凶手肯定要动手自残了。"

"的确……"丽子想起发出怪叫声的凶手,打了个哆嗦。

所有刑警都百思不得其解的密室杀人事件之谜,因为影山高深的洞察力,就这样顺利解决了。虽说还有很多不清楚的细节(包括凶手的身份),但这些就要由凶手自己来说了。只不过,要从精神衰弱的她口中问出真相,似乎也不是件容易的事。先姑且不管——

"话说回来,接下来该怎么办呢?我是说昏倒的凶手跟昏倒的风祭警部。"

影山用指尖推了推银框眼镜的鼻架,冷静地答道:

"首先,请大小姐亲手为凶手戴上手铐。"

"也对,这大体上也算是我立下的功劳嘛——那么风祭警部呢?"

"我认为大小姐应该亲自送他去医院。考虑到警部今晚的勇敢表现,这点程度的关心也是理所当然的。毕竟,风祭警部是大小姐的救命恩人——"

"不要说出来啊,影山!"丽子捂住耳朵打断管家的话,"就算那是事实,我现在也不想承认!"

"您别这么说嘛——来,请拿着这个。"

影山不知从哪里拿出一把钥匙。是车钥匙。

"这是什么？礼车的钥匙吗？"丽子一脸诧异地问。

"不，不是的。"影山面无表情地摇了摇头。

"难不成是捷豹的钥匙？"丽子害怕地问。

"夜深了，请小心开车。"管家影山露出意味深长的微笑。

丽子深深地叹了口气。"没办法，这次是例外喔。"丽子干脆地接过捷豹的钥匙，"唉唉——到头来，还是得坐上那辆车啊！"

就在日期即将从今天跳到明天的午夜——

国立市的公路上，有辆捷豹朝着府中医院一路疾驶，银色车体反射出满月的光辉，绚烂耀眼。丽子坐在驾驶座上，与不习惯的左驾方向盘艰苦奋斗。一旁的副驾驶座上，身受轻伤不省人事的风祭警部好像很幸福地香甜睡着。丽子为了不节外生枝，谨慎地操控着方向盘。尽管如此，副驾驶座上还是突然响起风祭警部的说话声。

"宝生……坐我的捷豹一起去兜风……"

"您——您在说什么啊！现在已经在兜风了喔，长官——什么嘛，在说梦话啊。"

丽子在驾驶座上放心地呼了口气，她重新望向副驾驶座上的上司。

风祭警部，全名不详，丽子也不想知道。孩子气的三十岁男性，单身，警界精英，"风祭汽车"家的少爷，从今天起他还变成了丽子的救命恩人——

丽子为了甩开讨厌的预感，用力甩了甩头，然后将视线转向前方。

全长七米的礼车不知不觉间逼近后方，并从容不迫地逐渐超越捷豹。丽子眼前仿佛浮现出礼车驾驶座上影山那不怀好意的笑脸。

"那个可恶又口出狂言的管家，到底在想些什么嘛——"

丽子加快车速，试图追上礼车。睡梦中的警部似乎放弃了约丽子兜风。

"那么宝生……跟我一起共进最高级的晚餐……"

丽子下意识地将油门一踩到底。

英国车爆出轰隆声，彻底盖过风祭警部所说的话。

捷豹载着两人，以猛兽一般的气势，在国立市的夜色中全力奔驰。